Der große XENOS

ATLAS
der
RELIGIONEN

ISBN 3-8212-2430-4

Verantwortlich für die deutsche Ausgabe:

Am Hehsel 40, 22339 Hamburg

Text: Anita Ganeri

Bildrecherche: Loredana Agosta

Illustrationen: Paola Ravaglia, Studio Stalio (Alessandro Cantucci, Andrea Morandi, Fabiano Fabbrucci, Ivan Stalio), Lorenzo Cecchi, Leonardo Meschini, Franco Autuori, Ferruccio Cucchiarini, Gian Paolo Faleschini

Übersetzung aus dem Englischen:
Irmgard Krasser

Redaktion: Irmgard Krasser

Grafik: Marco Nardi,
Laura Ottina, Adriano Nardi, Filippo Delle Monache

Lithos: Litocolor, Florenz

Originalausgabe:

via de' Rustici, 5 – Florence, Italy
info@mcraebooks.com

Printed and bound in Italy
by Eurolitho, Milan

Der große XENOS

ATLAS der RELIGIONEN

Text: Anita Ganeri

Illustrationen: Paola Ravaglia, Studio Stalio (Alessandro Cantucci, Fabiano Fabbrucci, Andrea Morandi) und Lorenzo Cecchi

XENOS

Inhalt

In vorgeschichtlicher Zeit malten die Menschen mystische Tierfiguren auf Höhlenwände. Die Malereien könnten als Teil eines religiösen Rituals, das eine bessere Jagd erwirken sollte, entstanden sein.

Die Venus von Willendorf, eine Statue aus der Zeit um 30.000 v. Chr., könnte eine frühe Göttin darstellen.

Frühe Religion
Vor langer Zeit hielten die Menschen ihre Umgebung für ein Werk der Götter. Sie glaubten, dass die Götter die gesamte Natur und das Alltagsleben beherrschen würden. Sie beteten und brachten den Göttern Opfer für das Geschenk von Sonne und Regen dar. Dadurch konnten die Pflanzen wachsen und die Menschen überleben. Diese ersten Gebete und Opfer ließen die Idee einer geregelten Religion für Menschen mit denselben Ritualen und Glaubensvorstellungen entstehen.

Schöpfung der Welt
Viele Religionen erklären die Erschaffung der Welt und aller auf ihr existierenden Lebensformen als Werk Gottes, der Götter oder eines höchsten Wesens. Diese Vorstellungen finden ihren Ausdruck in Schöpfungsmythen, die sich mit der Erschaffung der Welt und der Frage nach dem Warum befassen.

Eine symbolische Darstellung eines höchsten Wesens oder Schöpfers aus dem 16. Jh.

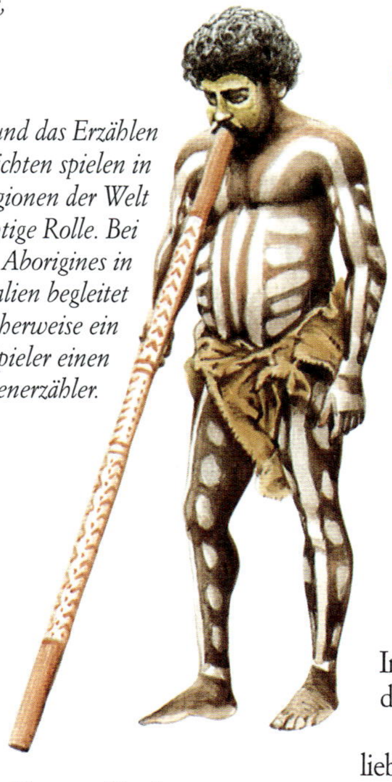

Mythologie und das Erzählen von Geschichten spielen in vielen Religionen der Welt eine wichtige Rolle. Bei den Aborigines in Australien begleitet üblicherweise ein Didgeridoo-Spieler einen Geschichtenerzähler.

Juden leben ihr Leben nach der Thora, *dem heiligen Buch.*

Gesetze für das Leben
Die Religion bietet vielen Anhängern einen Kodex für das Leben an, das ist eine Sammlung von Regeln oder Gesetzen, nach denen gelebt werden soll. Diese sollen zu einem besseren Leben auf der Erde verhelfen.

Gut und Böse
In vielen Religionen ist die Natur und die Existenz von Gutem und Bösem in der Welt das Werk eines guten, liebenden Gottes und eines schlechten, sündhaften Teufels. Aber eine der schwierigsten Fragen, auf die Religionen eine Antwort finden müssen, ist: Warum gibt es so viel Leid auf der Erde, wenn Gott gut ist? Viele Menschen sehen im Leid eine Antwort Gottes auf deren Abwendung von ihm oder seine Bestrafung für ihre Sünden.

Im Mittelalter glaubten die Menschen, dass sie der Teufel fangen und fressen würde, wenn sie ein schändliches Leben führten.

Einleitung

Das Symbol der Sikh-Religion, Nishan Sahib, besteht aus einem stählernen Ring, der die Einheit Gottes darstellt und einem zweischneidigen Schwert, das Gerechtigkeit und Wahrheit symbolisiert. Die zwei gekreuzten Krummschwerter an der Außenseite versinnbildlichen die Allmacht Gottes.

Dieses Buch folgt der Geschichte und der Verbreitung der wichtigsten Religionen der Welt, von alten, längst vergangenen Glaubensvorstellungen bis zu heute praktizierten Glaubensrichtungen. Es gibt weltweit viele verschiedene Religionen mit unterschiedlichen Glaubensvorstellungen und Kultformen. Einige haben Millionen von Anhängern, andere sind nur von lokaler Bedeutung. Ob groß oder klein – die meisten Religionen haben einen gemeinsamen Sinn. Sie versuchen Antworten auf die wichtigen Geheimnisse des Lebens zu geben: Wie und warum wurde die Welt erschaffen, wie soll der Mensch sein Leben auf der Erde leben, was geschieht nach dem Tod, und warum gibt es Leid auf der Welt? In einigen Religionen, wie dem Judentum, dem Christentum und dem Islam, wird ein Gott verehrt. Sie werden monotheistische Religionen genannt (das Wort Monotheismus bedeutet „ein Gott"). Andere Religionen, einschließlich einiger in Afrika und Asien ausgeübten, sind polytheistisch (das Wort Polytheismus bedeutet „viele Götter"). Während es in den meisten Religionen Götter oder Geister gibt, wird nicht überall ein höchstes Wesen oder eine Gruppe von Göttern verehrt. Viele Religionen sind eher eine geistige Richtlinie oder eine Lebensweise, die ihren Anhängern hilft, ein glückliches und lohnenswertes Leben zu führen.

Der siebenarmige Leuchter, die so genannte Menora, oben, ist ein altes Symbol des Judentums, das auf die antike Menora aus dem Tempel von Jerusalem zurückgeht (siehe Seiten 34–36).

Diese Statue zeigt den großen Hindu-Gott Shiva in der Erscheinungsform des Herren von Ganas, einem Zwerg. Hindus verehren viele verschiedene Götter und Göttinnen, die die Aspekte eines höchsten Wesens, genannt Brahman oder Gott, verkörpern.

Statue von Gopoka, einem der ersten Schüler Buddhas.

Eine Lebensweise
Einige Gruppen, z. B. Humanisten, glauben, dass die Menschen selbst die Kraft in sich haben, um ihrem Leben einen Sinn zu verleihen und es zu verbessern, ohne dabei auf Gott angewiesen zu sein. Buddhisten folgen den Lehren Buddhas auf ihrem Lebensweg, doch sie verehren ihn nicht als einen Gott, sondern als ganz besonderen Menschen, der ihnen eine Lebensweise vorgelebt hat, die zu Glück und Frieden führt.

Im Christentum stellt ein Kreuz das Symbol für Christus dar.

Eine islamische Münze aus dem 7. Jh. aus Damaskus in Syrien. Die arabische Inschrift lautet „Es gibt keinen Gott nur Gott alleine".

Der Tod und das Jenseits
Viele Menschen glauben an ein Jenseits oder ein Leben nach dem Tod. Sie glauben, dass die Seele oder der Geist eines Menschen nach dem Tod weiterlebt. In einigen Religionen gibt es eigene Bestattungsrituale. Wenn eine Person stirbt, kümmern sich die Gläubigen um den Leichnam und bereiten spezielle Grabstätten vor. In vielen alten Religionen wurden die Leichen mumifiziert, um sie vor der Verwesung zu schützen (siehe Seite 9). Andere Gläubige, wie die Hindus, verbrennen die Leichen und verstreuen die Asche, um die Seele zu befreien (siehe Seite 17).

Taoisten verehren Geister, die sowohl den Himmel als auch die Erde bewohnen. Wohlwollende Geister gewähren den Menschen Gunst und Segen, wenn sie entsprechend verehrt werden. Statuen, wie diese aus Taiwan, befinden sich auf vielen Altären.

Religion und Staat
In einigen Ländern gibt es eine offizielle Staatsreligion, der die Mehrheit der Bevölkerung angehört und die in den Schulen unterrichtet wird. Andere Staaten sind weltlich, d. h. auf weltliche Angelegenheiten und nicht auf religiöse konzentriert. Manchmal entstehen Konflikte, wenn ein Staat seine religiösen Vorschriften oder Vorstellungen den Nicht-Gläubigen aufzudrängen versucht, oder wenn weltliche und religiöse Gruppen aufeinander treffen.

Eine Mumie aus einer alten Grabstätte der Inka.

Kult und Rituale
Jede Religion hat ihre eigenen Rituale, das sind sich wiederholende symbolische Handlungen, die verschiedene Aspekte des Glaubens zum Ausdruck bringen. Bei besonderen Anlässen, wie der Geburt eines Kindes oder einer Hochzeit, finden rituelle Zeremonien statt, um das wichtige Ereignis zu feiern. Auch an Feiertagen, an denen die Gläubigen besonderer religiöser Ereignisse gedenken, finden kultische Handlungen statt (siehe Seiten 18–19).

Das Anzünden von Kerzen gehört zu den Ritualen vieler Gläubigen.

Ägyptische und mesopotamische Religionen

Die Statue der Göttin Ischtar war Teil eines Brunnens. Ihr Rock ist mit Fischen, die in einem strömenden Fluss schwimmen, verziert.

Vor etwa 7000 Jahren entwickelten sich im Vorderen Orient zwei der bedeutendsten Kulturen. Eine davon entstand im heutigen Irak auf den fruchtbaren Ebenen zwischen den Flüssen Euphrat und Tigris. Das Gebiet wurde unter dem Namen Mesopotamien bekannt, was so viel wie „Zwischenstromland" bedeutet. Die andere Kultur entstand in Ägypten an den Ufern des mächtigen Flusses Nil. Die Menschen beider Kulturen verehrten zahlreiche Götter und Göttinnen, von denen sie das gesamte Universum, die Natur und das tägliche Leben kontrolliert glaubten, einschließlich Wetter, Ernte, Leben und Tod. Zu den Hauptgöttern von Mesopotamien gehörten Enlil, der Herr des Windes, und sein Vater, An von Uruk, der Herr des Himmels. Der bedeutendste ägyptische Gott war der Sonnengott Re. Es war lebensnotwendig, den Göttern zu gehorchen und für ihr Wohlwollen zu sorgen, da sie sonst Unheil in Form von Kriegen, Seuchen und Überschwemmungen schicken konnten, um die Menschen auf der Erde zu bestrafen.

Dieser Kopf aus Terrakotta mit der Darstellung eines mesopotamischen Gottes stammt aus der Zeit um 2100 v. Chr.

Die Städte der Götter
Die Mesopotamier errichteten große Städte, die dem jeweiligen Gott oder der Göttin dieser Stadt geweiht wurden. In den Stadtzentren wurden großartige stufenförmige Tempel, so genannte Zikkurats, erbaut, auf deren oberster Plattform sich das Heiligtum des Gottes befand.

Die bedeutendsten Zentren Mesopotamiens.

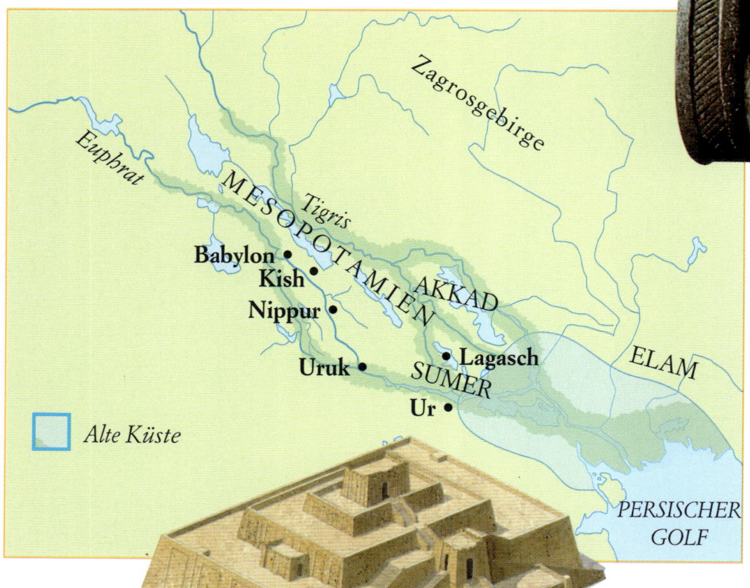

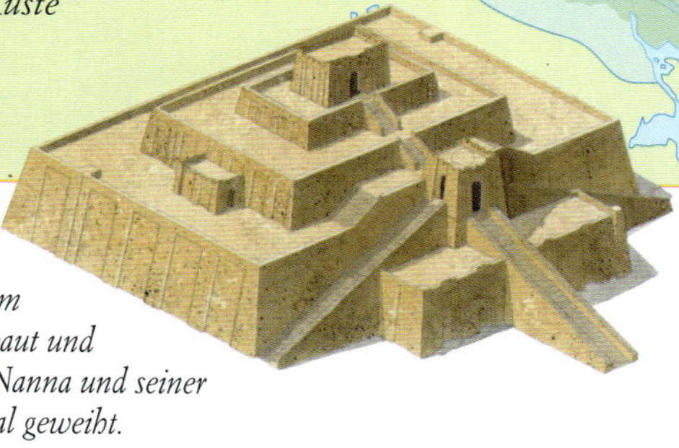

Die Zikkurat von Ur wurde um 2000 v. Chr. gebaut und dem Mondgott Nanna und seiner Gemahlin Ningal geweiht.

Zum Gebet gefaltete Hände der Figur einer Priesters.

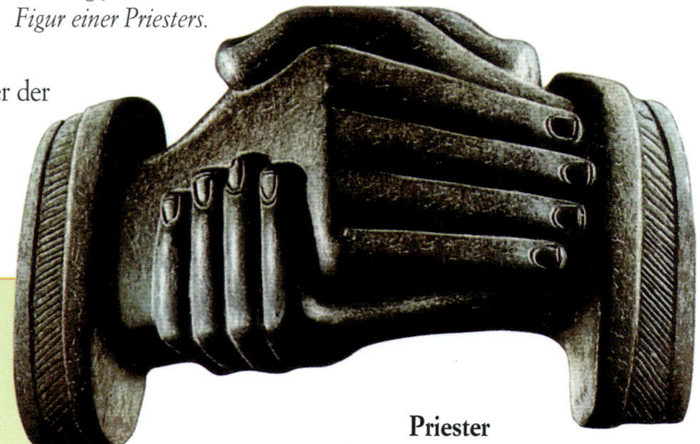

Die Göttin Ischtar
Die Göttin Ischtar, auch als Inanna bekannt, war die mesopotamische Göttin der Liebe und Fruchtbarkeit. Ischtar war verantwortlich für eine gute Ernte und die Geburt von Tieren und Menschen. Sie war auch die mächtige Göttin des Krieges, die an der Spitze der Armee auf einem Löwen ritt.

Priester
In mesopotamischen Religionen spielten die Priester eine wichtige Rolle. Jeden Tag brachten sie den Göttern und Göttinnen Speise- und Getränkeopfer in den Tempeln dar. Sie hatten auch den Vorsitz bei besonderen Festtagen, die mit Musik, Tanz und dem Erzählen von Geschichten über die großen und ruhmreichen Taten der Götter gefeiert wurden.

Geister und Dämonen
Die Mesopotamier glaubten an viele niedere Götter, so genannte Geister, die im täglichen Leben eine wichtige Rolle spielten. Geister konnten gut oder böse sein. Gute Geister, wie der mit dem Adlerkopf, links, fungierten als Schutzgeister, die die Menschen vor Schaden bewahrten und ihre Gebete den Göttern vortrugen. Böse Geister brachten Leiden und Tod und verführten die Menschen zu schlechten Taten.

Der geflügelte Dämon Pazuzu soll am Rande der Wüste gelebt und den Lebensbaum bewacht haben.

Bestattungsrituale
Die Mesopotamier glaubten fest an ein Leben nach dem Tod. Sie führten Begräbnisrituale für ihre Herrscher aus und bauten ihnen aufwändige Gräber, die sie mit kostbaren Besitztümern für das Jenseits füllten. Diese Harfe, links, wurde im Grab einer Königin gefunden, die gemeinsam mit 23 Dienern für all ihre Bedürfnisse begraben wurde. Eine Dienerin wurde mit der Hand auf der Harfe gefunden.

Die als Katze dargestellte Göttin Bastet. Ägyptische Götter wurden oft mit Tieren oder Vögeln in Beziehung gebracht. Katzen waren in Ägypten heilig.

Isis und ihre Schwester Nephtys, die Gattin von Seth, dem Gott der Wüste und des Unwetters.

Der Nil
Der Wohlstand der alten Ägypter hing vom Nil ab. Der von der trockenen Sandwüste umgebene Fluss war ihre größte Wasserquelle. Am wichtigsten war die jährliche Überschwemmung, die die Felder in fruchtbares Schlammland verwandelte. Die Ägypter glaubten, dass die Überschwemmung von Gott Hapi, unten, verursacht wurde, der auf einer Insel im Fluss lebte.

Altes Ägypten.

Götter und Göttinnen
Die alten Ägypter hatten hunderte von Göttern und Göttinnen. Einige wurden im ganzen Land verehrt, andere waren lokale Gottheiten. Zu den berühmtesten zählten Osiris und Isis. Osiris, der Herrscher des Totenreichs, richtete über die Menschen im Jenseits. Die Göttin Isis, seine Frau und Schwester, heilte Kranke und erweckte Tote zum Leben.

Diese Szene zeigt eine Frau, die Leben spendende Strahlen von Sonnengott Horus mit dem Falkenkopf empfängt. Horus war der Sohn von Isis und Osiris und der Vorfahre der Pharaonen.

Der Tempelkomplex in Karnak wurde dem Reichsgott Amun-Re geweiht. Beim alljährlichen Neujahrsfest wurde das Gottesbild in einer Prozession nach Luxor gebracht.

Der Tempel
Die Ägypter bauten für ihre Götter schöne Tempel, die sie als Heim der Götter auf Erden ansahen. Jeder Tempel war einem Gott oder einer Göttin geweiht und enthielt einen Schrein mit der Statue der Gottheit. Der Tempel war jedoch kein Versammlungsort für Gläubige. Nur Priester und Priesterinnen hatten dazu Zugang. Gewöhnliche Menschen konnten Opfer bringen und am Tempeleingang beten.

Der Gott-König
Im alten Ägypten herrschten Könige, die als Gott Horus in menschlicher Gestalt angesehen wurden. Der König war so heilig, dass er nicht unmittelbar mit seinem Namen angesprochen werden durfte. Stattdessen wurde er Pharao genannt, was so viel wie „Großes Haus“ (oder Palast) bedeutet. Der Pharao war auch der oberste Priester von Ägypten.

Eine Statue des knienden Königs Thutmosis IV. (1419–1386 v. Chr.), der zwei Gefäße opfert.

Mumifizierung
Damit die Seele im Jenseits weiterleben konnte, musste der Körper konserviert werden. Die Leichen wurden daher mumifiziert, um sie vor dem Verfall zu schützen. Zuerst wurden die Organe entfernt, danach wurde der Körper mit Leinenbändern umwickelt und in einen Sarg gelegt.

Pyramidengräber
Um ihre Körper für das Jenseits zu erhalten, errichteten die Pharaonen gewaltige Grabstätten. Anfangs hatten sie die Form von Pyramiden, von denen einige noch heute existieren. Die steilen Seiten stellten die Sonnenstrahlen dar, entlang derer der Pharao gehen konnte, um zum Sonnengott zu gelangen.

Die Pyramiden von Giseh.

Griechische und römische Religionen

Gaia, die Schöpferin des Meeres.

Die alten Griechen glauben an die Existenz von vielen Göttern und Göttinnen, die über sie wachten und das Geschehen auf der Erde kontrollierten. In vielerlei Hinsicht meinten die Griechen, Götter seien Menschen: Sie heirateten, hatten Kinder und zeigten menschliche Gefühle wie Ärger, Liebe und Eifersucht. Aber die Götter waren auch unsterblich und allmächtig und mussten respektiert werden. Die wichtigsten Götter waren die zwölf Olympier, an deren Spitze Zeus stand. Im 2. Jh. v. Chr. wurde Griechenland von den Römern erobert, die viele Aspekte der griechischen Kultur, einschließlich der Götter, in ihre eigene Kultur übernahmen. Sowohl die Griechen als auch die Römer waren sehr abergläubisch. Vor jedem neuen Vorhaben versuchten sie, den Willen der Götter zu erkunden, indem sie Orakel und Omen zurate zogen. Das berühmteste griechische Orakel befand sich in Delphi, wo angeblich Gott Apollo über seine Priester zu den Gläubigen sprach.

Apollo, der Sonnengott.

Erste Lebewesen
Der griechischen Sage nach waren die beiden ersten Lebewesen auf der Erde Gaia, die Erdgöttin, und Uranos, der Himmelsgott. Sie hatten viele Kinder, einschließlich der 14 Giganten, den so genannten Titanen. Einer davon, Kronos, war der Vater des Zeus.

Die Karte zeigt die Ausdehnung der griechischen Stadtstaaten am Mittelmeer und die von der griechischen Kultur beeinflussten Gebiete.

Griechische Götter
Die mächtigsten griechischen Götter waren die zwölf Olympier, die auf dem Olymp, dem höchsten griechischen Berg, gewohnt haben sollen. Von ihrem hoch gelegenen Reich regierten sie über die Welt und wachten über das tägliche Leben der Menschen. Der mächtige Zeus herrschte über die Götter. Er war der Gemahl seiner Schwester Hera, der Göttin der Ehe und der Frauen, oft war er ihr aber untreu. Die Olympier waren eng miteinander verwandt. Zeus' Brüder waren Poseidon, der Gott des Meeres, und Pluton, der Herrscher über die Unterwelt. Seine Schwestern waren Hestia, die Göttin des Herdes und Demeter, die Göttin der Pflanzen und des Ackerbaus.

Griechischer Einfluss
Der Mangel an Ackerland und die Überbevölkerung im eigenen Land führten zur Ansiedlung in Kolonien rund um das Mittelmeer und in Kleinasien (heutige Türkei). Es gab engen Kontakt zwischen Griechenland und den Kolonien, und die griechischen Gedanken verbreiteten sich rasch.

Einer griechischen Sage zufolge wurde Aphrodite, die Göttin der Liebe und der Schönheit, im Meer geboren und auf einer Muschelschale zum Ufer getragen.

Darstellung des mythischen Ungeheuers Medusa aus einem Tempel in Sizilien.

Die Tempel
Die Griechen errichteten für ihre Götter imposante Tempel als Aufenthaltsort auf Erden. Darin stand eine Kultstatue des Gottes, dem der Tempel geweiht war. In einem anderen Raum befanden sich Juwelen, Vasen und Statuen, die den Göttern von den Gläubigen dargebracht wurden. Tempel wurden aus Marmor gebaut und an der Außenseite mit in hellen Farben gemalten Szenen aus der Mythologie geschmückt.

Dieses Relief zeigt einen griechischen Priester und eine Priesterin.

Ritual und Opfer
Vor dem Haupteingang eines Tempels stand ein steinerner Altar. Wenn die Menschen einen Gott um einen Gefallen bitten wollten, brachten sie einen Vogel oder ein anderes Tier zum Tempel. Dort opferte es der Priester auf dem Altar und brachte es dem Gott dar.

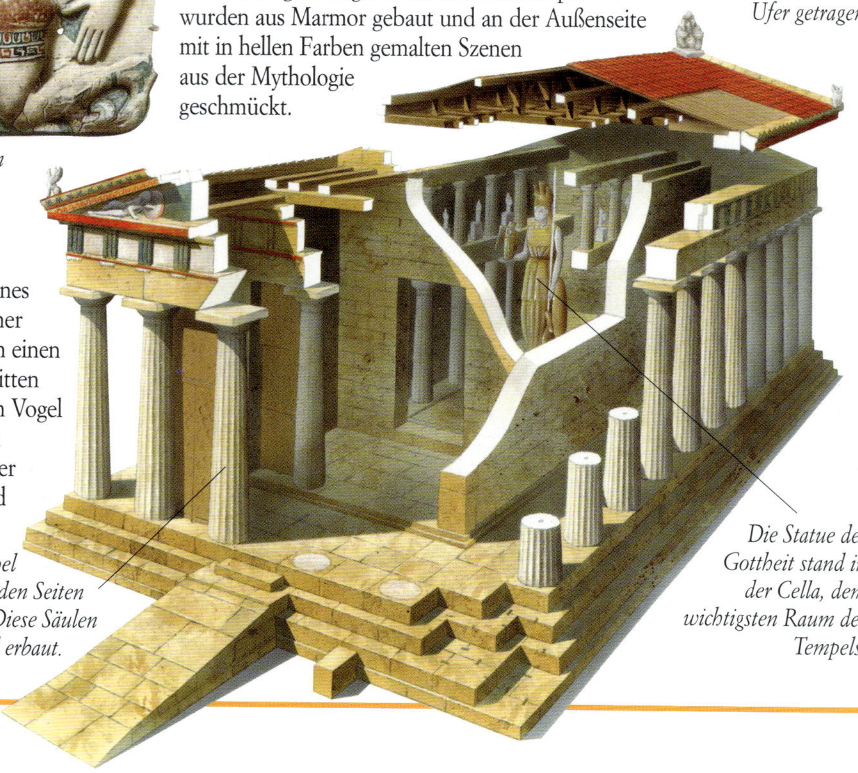

Griechische Tempel hatten vorn und an den Seiten elegante Säulen. Diese Säulen sind im dorischen Stil erbaut.

Die Statue der Gottheit stand in der Cella, dem wichtigsten Raum des Tempels.

Römische Religion

Die alten Römer verehrten ihre Götter, um beschützt und begünstigt zu werden. Für spezielle Wünsche wandten sie sich an bestimmte Götter. Es gab Götter, die über den Staat wachten, und so genannte Schutzgeister, die von römischen Familien zum Schutz ihrer Häuser angebetet wurden. Einer der wichtigsten Staatsgötter war Janus, der römische Gott des Torbogens. Er hatte zwei Gesichter, mit denen er sowohl den Eingang als auch den Ausgang öffentlicher Gebäude überblicken konnte.

Janus' Symbol war der Schlüssel zum Öffnen und Versperren der Türen. Er war auch der Gott des Neubeginns. Der erste Monat des Jahres, Januarius, ist nach ihm benannt.

Das römische Pantheon

Viele Götter der römischen Staatsreligion wurden von den griechischen Göttern übernommen und angepasst, obwohl ihnen andere Namen gegeben wurden. Die griechische Göttin Athene wurde Minerva, links, die römische Göttin des Handwerks und des Handels. Der griechische Meeresgott Poseidon wurde zum römischen Neptun, rechts. Wie sein griechisches Gegenstück ritt er mit einem Dreizack auf einem goldenen Wagen. Ihm zu Ehren wurde im Juli, dem trockensten Monat des Jahres, ein Festspiel veranstaltet.

Das Bild aus der Renaissance, links, zeigt Pallas Athene.

Götter und Kaiser

Augustus, der erste römische Kaiser, nützte die Religion zur Stärkung seiner Macht. Um den Beginn einer neuen, friedlichen Ära für Rom zu kennzeichnen, stiftete er einen Tempel für Apollo, den Gott der Jugend und der Kultur. Nach seinem Tod wurde Augustus selbst, wie auch seine Nachfolger, zum Gott erklärt.

Diese Bronzestatue zeigt die Göttin Fortuna. Sie verkörpert Glück und Schicksalswende und wurde auch mit Kaiser Augustus in Beziehung gebracht.

Diana-Kult

Viele Römer verloren den Glauben an die Förmlichkeit und die Rituale der staatlichen Religion, da sie ihre seelischen Bedürfnisse nicht erfüllt sahen. Sie wandten sich hingegen verschiedenen kleineren Kulten zu. Diana, links, die Göttin des Mondes und der Jagd, wurde in Gedenkstätten in Italien und Griechenland verehrt. An ihrem Heiligtum in der Nähe des Sees Nemi in Italien fanden manchmal Menschenopfer statt.

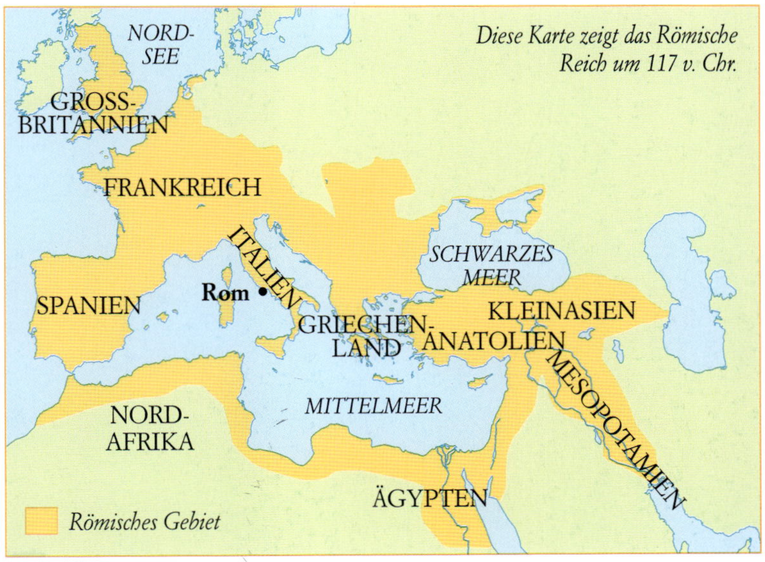

Diese Karte zeigt das Römische Reich um 117 v. Chr.

30 v. Chr. wurde Ägypten von Rom erobert. Die Verehrung von ägyptischen Göttern, wie Anubis, rechts, und Isis, hielt noch lange in der römischen Zeit an. Der Kult der Göttin Isis verbreitete sich im gesamten Römischen Reich.

Götter aus anderen Kulturen

Der Steinkopf oben zeigt Göttin Kybele, auch bekannt als „Große Mutter". Ursprünglich aus Kleinasien (heutige Türkei) stammend, gehörte sie zu den ausländischen Göttern, deren Kulte bis nach Rom vordrangen. Kybele war die Göttin der Natur, der Fruchtbarkeit und der Heilung. Ihr Kult kam 205 v. Chr. nach Rom, wo er ein beträchtliche Anhängerschaft fand.

Bronzekopf eines Gottes mit Stierhörnern.

Keltische und nordische Religionen

Zwischen dem 5. Jh. v. Chr. und dem 1. Jh. n. Chr. breiteten sich keltische Völker in Nord- und Westeuropa aus und brachten ihre Religion mit sich. Obwohl sie rücksichtslose Krieger waren, hatten sie auch eine musikalische und poetische Ader in sich. Sie überlieferten mündlich Geschichten von ihren Göttern und Helden in Form von langen, epischen Gedichten. Jeder Clan verehrte seine eigenen Götter, und einige Gottheiten wurden aus anderen Kulturen, z. B. der römischen, übernommen. Die Wikinger eroberten zwischen dem 8. und dem 11. Jh. viele Teile Nordeuropas. Sie waren Krieger und Seefahrer aus Skandinavien, das die heutigen Länder Dänemark, Norwegen und Schweden umfasst. Die Wikinger verehrten viele Götter, um ihrer kalten, rauhen Welt einen Sinn zu geben. In ihrer reichen Mythologie wird von Heldentaten der Götter berichtet, die die Mächte der Finsternis und das Chaos bekämpften, um die Welt der Menschen, die Midgard genannt wurde, zu beschützen.

Eine in Norfolk, England, gefundene Bronzekrone. Sie ist mit Gesichtern, vermutlich denen eines Gottes, geschmückt. Es könnte sich um einen von einem Druiden bei Ritualen verwendeten Kopfschmuck handeln.

Keltische Götter und Helden

Der wichtigste keltische Gott war Dagda, der gute Gott und „Vater von allen". Er hatte eine Keule, mit der er neun Mann auf einen Schlag töten und wieder zum Leben erwecken konnte. Dagda besaß einen magischen Kessel, der niemals leer wurde und der für ein unendliches Festmahl im Jenseits sorgen sollte. Viele Helden aus der Geschichte und der Mythologie mischten sich unter die keltischen Götter. Zu ihnen gehörte ein Riese, Bran, der über die Irische See wandelte und sein Leben für sein Volk opferte.

Die Karte zeigt die keltischen Gebiete in Europa.

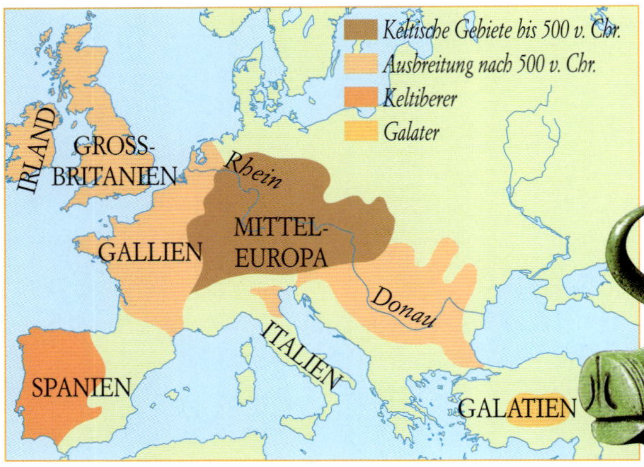

Brigitta, die mit der Fruchtbarkeit und dem Frühling in Verbindung gebracht wurde, war eine große Heilerin, Schutzpatronin der Dichtkunst und des Handwerks. Sie lebte später im Christentum als hl. Brigitta weiter.

Die Druiden

Religiöse Rituale und Zeremonien wurden von Priestern vollzogen, die Druiden genannt wurden. Sie waren mächtige Boten zwischen der Welt der Götter und der der Menschen. Mit Opfern, manchmal auch Menschenopfern, sollten günstige Erntezeiten, Krönungen und andere wichtige Ereignisse vorhergesagt werden. Druiden waren auch Richter und Lehrer, die die Geschichten und Mythen der Kelten mündlich überlieferten.

Dieser bronzene Stier befand sich im Grab eines keltischen Stammesführers aus dem späten 1. Jh. v. Chr.

Eine Zeichnung der Göttin Epona, die mit Pferden und Mutterschaft in Beziehung gebracht wurde. Sie trägt einen Schlüssel, um das Tor zum Jenseits aufschließen zu können.

Tierische Symbolik

Viele keltische Götter wurden zur Hälfte als Tier und zur Hälfte als Mensch dargestellt, um die enge Verbindung zwischen den Menschen und der Natur zu zeigen. Tiere waren auch wichtige Symbole. Hunde, denen magische Heilkräfte zugeschrieben wurden, brachte man mit dem Jenseits in Verbindung. Stiere standen symbolisch für Wohlstand, Stärke und das Königtum. In einem keltischen Epos werden zwei gegnerische Königreiche mit einem weißen und einem roten Stier dargestellt.

Die Bronzefigur eines Jagdhundes stammt aus einem keltischen Heiligtum in England.

Gehörnte Götter

Das Bild des gehörnten Gottes, rechts, kommt in der keltischen Mythologie oft vor. Dieser Gott hieß Cernunnos, der „Gehörnte". Cernunnos war der Herr über die Tiere und der Gott des Getreides, des Obstes und des Geldes. Seine Hörner symbolisieren Stärke und Kampfgeschick. Er trägt oder hält gebogene Bänder aus Edelmetallen, die seine göttliche Natur zeigen. Er wird von einer Schlange, dem Zeichen der Fruchtbarkeit und des neuen Wachstums, begleitet.

Nordische Götter

Die nordischen Götter lebten in prächtigen Hallen an einem himmlischen Ort, der Asgard genannt wurde. Eine Regenbogenbrücke verband Asgard mit Midgard, der Welt der Menschen. Darunter befand sich Niflheim, das Reich der Toten. Asgard wurde vom Götterkönig Odin beherrscht. Einer Legende zufolge soll er ein Auge geopfert haben, um zu Weisheit und Wissen zu gelangen. Odins Sohn, Donar, war der Herr des Donners, der auf seinem Wagen durch den Himmel ritt und seinen magischen Hammer, Mjöllnir, schwang. Die Menschen glaubten, dass die klappernden Wagenräder das Geräusch des Donners verursachten.

Donar war bekannt für sein feuriges Wesen, seine unglaubliche Kraft und seine Kämpfe gegen die Riesen, die Erzfeinde der Götter.

Diese Darstellung aus dem 12. Jh. aus Skog in Schweden zeigt drei Figuren, die für Odin, Donar und Freyr gehalten werden.

Loki, der den Tod von Gott Baldr herbeiführte, wurde zur Bestrafung über drei spitze Steine gebunden. Beim Weltuntergang Ragnarök befreite er sich von seinen Fesseln und stellte sich beim Angriff von Asgard auf die Seite der Riesen.

Ragnarök

Die Wikinger glaubten an einen Endkampf, genannt Ragnarök oder Götterdämmerung. In diesem Kampf würden die Götter und ihre Erzfeinde, die Riesen, gegeneinander kämpfen und sich dabei gegenseitig vernichten. Das würde der endgültige Kampf zwischen den Mächten des Guten und des Bösen sein und das Ende der Welt ankündigen. Aus der Zerstörung würde eine neue Welt hervorgehen, in der jeder in Frieden und Eintracht leben würde.

Der monströse Wolf Fenrir war Lokis Sohn. Zur Strafe wurde er an einen großen Stein gefesselt, damit er nicht entkommen konnte. Die Wikinger glaubten, dass Fenrir bei Ragnarök seine Ketten sprengen und den großen Gott Odin verschlingen würde.

Die Karte zeigt die die Gebiete der Wikingeransiedlungen 800–1000 n. Chr.

Gedenksteine

Die Wikinger glaubten an ein Leben nach dem Tod und bestatteten ihre Toten mit all ihren Besitztümern, die sie in das nächste Leben mitnehmen sollten. Einige Menschen stellten zum Gedenken an tote Freunde oder Verwandte Steine wie den rechts abgebildeten auf. Das Furcht erregende Bild auf dem Stein sollte böse Geister fern halten.

Dieser Stein zeigt einen toten Helden bei der Ankunft in Walhalla, Odins Halle für die im Kampf in Asgard Gefallenen. Die Krieger verbrachten hier ihre Zeit mit Kämpfen und Feiern.

Dieses goldene Kruzifix beweist, dass die wikingischen Handwerker ihren ausgeprägten Stil auch dann noch beibehielten, nachdem sie Christen geworden waren.

Bekehrung zum Christentum

Im 9. und 10. Jh. bereisten christliche Missionare Westeuropa, um ihren Glauben zu verkündigen. Später erreichten sie Skandinavien, wo sie eifrig die Wikinger zu bekehren versuchten. Im Laufe des 11. Jhs. setzte sich das Christentum in Skandinavien durch. Die alten und die neuen Religionen existierten lange Zeit nebeneinander. Allmählich wurden jedoch viele Wikingerbräuche, z. B. Grabbeigaben, verboten und christliche Kirchen aus Holz in ganz Skandinavien erbaut.

Hinduismus: Geschichte und Glaube

Der Hinduismus zählt zu den ältesten Religionen der Welt, auch wenn der genaue Zeitpunkt seiner Entstehung nicht bekannt ist. Sein Ursprung liegt ca. 4500 Jahre zurück, in der Zeit der großen Indus-Kultur, die entlang des Flusses Indus im nordwestlichen Indien (dem heutigen Pakistan) ihre Blütezeit erlebte. Archäologen haben viele Tonfiguren von Göttern und Göttinnen, wie die der Muttergöttin (links), entdeckt, die den von den Hindus heute verehrten Göttern und Göttinnen gleichen. Um 1500 v. Chr. brach die Indus-Kultur zusammen, und das Nomadenvolk der Arier begann in Nordwestindien einzufallen. Ihre religiösen Vorstellungen vermischten sich mit denen im Industal und formten die Grundlage für den Hinduismus, wie er heute praktiziert wird. Hindus nennen ihren Glaubenskodex nicht „Hinduismus" – der Ausdruck stammt aus dem 19. Jh. – sondern *Dharma*, was ewiges Weltgesetz oder Lehre bedeutet. Heute gibt es ungefähr 800 Millionen Hindus, die vorwiegend in Indien leben. Viele haben sich auch in Ländern wie England oder den USA angesiedelt und dabei ihre Religion „mitgenommen".

Darstellung einer Muttergöttin aus der Stadt Mehrgarh am Indus.

Man fand hunderte von solchen Siegelsteinen, die von Kaufleuten zur Kennzeichnung ihrer Warenbündel verwendet wurden. Auf vielen sind Tiere dargestellt, z. B. gehörnte Stiere oder Tiger, oder religiöse Szenen.

Die Karte des indischen Subkontinents zeigt das Industal.

Das Industal
Um 2500 v. Chr. stand die Indus-Kultur auf dem Höhepunkt ihrer Macht und stellte das größte Reich der Alten Welt dar. Diese hoch entwickelte Gesellschaft konzentrierte sich um die zwei großen Städte Harappa und Mohenjo-Daro. Archäologen begannen mit den Ausgrabungen in diesen Städten in den zwanziger Jahren des 20. Jhs. Unter anderem fanden sie dabei den gemeißelten Steinkopf, links. Es könnte der Kopf eines Königs oder Priesters gewesen sein, dessen Augen zur Meditation geschlossen sind.

Die Religion der *Veden*
Die Arier verehrten viele Götter, die mit der Natur und ihrer Umgebung in Beziehung standen. Sie führten komplizierte Rituale durch, um die Gunst der Götter, z. B. in Form einer guten Ernte, zu erhalten. Die wichtigsten Informationen über die arische Religion stammen aus dem *Rigveda*, einer von Priestern rezitierten Hymnensammlung. Der *Rigveda* ist einer der heiligsten Texte des Hinduismus.

Der Gott des Feuers, Agni, war einer der bekanntesten arischen Götter. Er fungierte als Bote zwischen den Göttern und den Menschen.

Ein auf den Fußboden gemalter Plan zeigt den Weg zum heiligen Schrein einer Gottheit in einem Hindu-Tempel.

Wallfahrten
Millionen von Hindus pilgern jedes Jahr zu heiligen Stätten wie Tempeln, Bergen und Flüssen. Dahinter steht die Absicht, sich für die Erhörung eines Gebets zu bedanken oder einen besonderen Wunsch, z. B. die Geburt eines Kindes, erfüllt zu bekommen. Hindus glauben, dass die Wallfahrt sie näher zu *Moksha* bringt, d. h. zur Erlösung vom endlosen Zyklus Geburt, Tod und Wiedergeburt.

Der Tempel Mukteswar in Bhubaneswar in Orissa stammt aus dem 10. Jh. und ist dem großen Gott Shiva geweiht. Der große Turm oder Shikara *steht über dem zentralen Schrein. Er stellt die Verbindung zwischen Erde und Himmel dar.*

Tempel
Hindus beten in Tempeln, genannt *Mandir*, von denen jeder einem bestimmten Gott, einer Göttin oder einem Heiligen geweiht ist. Tempel werden als das irdische Heim Gottes betrachtet, und seine Gegenwart wird durch ein Bild in einem Schrein ganz im innersten und heiligsten Teil des Tempels verdeutlicht. Hindus besuchen den Tempel, um Gott zu sehen.

HINDUISMUS

Ursprünge Der Hinduismus entwickelte sich um 1500 v. Chr. in Indien.

Glaube Durch gute Taten kann ein Mensch der endlosen Kette der Wiedergeburten entrinnen und zur Einheit mit Gott gelangen.

Anhänger über 800 Millionen.

Schriften *Veden, Upanishaden, Puranas,* Epen (einschließlich *Ramayana* und *Mahabharata*), *Tantras* und die Schriften der verehrten Gurus.

Die Trimurti

Die Hindus glauben an eine große Seele oder Kraft, genannt Brahman oder Gott. Brahman ist gestaltlos, formlos und unsichtbar, aber allgegenwärtig. Jeder der vielen tausend Hindu-Götter stellt einen Aspekt von Brahman dar. Die drei Hauptgötter sind die *Trimurti*, die Dreiheit der Götter: Brahma, der Schöpfer des Universums, Vishnu, der Erhalter, und Shiva, der Zerstörer. Vishnu und Shiva sind sehr beliebte Gottheiten mit Millionen von Anhängern und Tempeln in ganz Indien. Brahma wird nicht so weit verbreitet verehrt, er hat nur einen Tempel.

Diese Malerei zeigt Vishnu und seine Gemahlin Lakshmi, die auf einer zusammengerollten Schlange ruhen. Aus Vishnus Nabel wird Brahma geboren, der in einer Lotosblüte sitzt.

Shiva ist ein Gott der Gegensätze. Von Zeit zu Zeit zerstört er das Universum, damit es wieder aufgebaut werden kann. Oft wird er, wie auf dieser Abbildung, tanzend dargestellt. Im Tanz vereint er Zerstörung und Erschaffung, Dunkelheit und Licht, Tag und Nacht. Er tritt auf den Zwerg der Unwissenheit.

Über Krishna, einen der populärsten Hindu-Götter, werden viele Geschichten erzählt. Er wird üblicherweise mit schwarzer oder dunkelblauer Haut und Flöte spielend dargestellt.

Vishnus Avataras

Die Hindus glaubten, dass Vishnu von Zeit zu Zeit in einer irdischen Verkörperung auf der Welt erscheint, die als *Avatar*a bekannt ist. Er kommt auf die Erde, um die Welt vor dem Bösen zu retten oder Gutes zu bringen. Neun von zehn *Avataras* sind bereits erschienen. Die wichtigsten sind die Götter Rama und Krishna. Der zehnte *Avatara*, Kalki, der Reiter auf einem weißen Pferd, muss noch kommen.

Sarasvati, die Göttin der Gelehrsamkeit, der Musik und der Künste ist die Gemahlin von Gott Brahma. Sie wird oft mit einem Buch in der Hand und einer Vina, einem Musikinstrument, dargestellt.

Der mit einem Elefantenkopf dargestellte Gott Ganesha ist der Sohn von Gott Shiva und dessen Gattin Parvati. Er ist einer der bekanntesten Hindu-Götter und wird vor neuen Unternehmungen, z. B. bei Reisebeginn oder einem Umzug angebetet.

Göttinnen

Wie viele Götter der Hindus ist die Göttin, genannt Devi, eine Mischung aus Güte und Grausamkeit, aus Leben und Tod, aus Gut und Böse. Sie wird in vielen Formen, einschließlich der Furcht erregenden Kali, abgebildet. Kali wird mit großer Hingabe verehrt, obwohl sie als grimmige Figur mit einer Totenkopfkette und einer Zunge, aus der Blut tropft, dargestellt wird. Sie verkörpert die schrecklichen Seiten des Lebens wie die Realität der Vergänglichkeit und des Todes.

Heilige Kühe

Im Hinduismus sind Kühe heilig, man darf ihnen weder etwas zuleide tun noch sie töten. Die meisten Hindus essen kein Rindfleisch, da Kühe eines der wertvollsten Nahrungsmittel, nämlich Milch, liefern und mit Krishna in Verbindung gebracht werden. Die Figur rechts ist die Kuhgöttin Kamadhenu, die Wohlstand symbolisiert und den Göttern und Weisen Milch gibt.

Die Geschichte von Rama

Rama, die siebte Verkörperung Vishnus, ist der Held des großen Epos *Ramayana*. Die Dichtung erzählt von Rama, dem Sohn des Königs von Ayodhya, der in die Wälder verbannt wurde, wo seine Frau Sita vom bösen Dämonenkönig Ravana entführt wird. Rama rettet Sita, tötet Ravana und kehrt nach Hause zurück, wo er zum König gekrönt wird. Rama wird als das ideale menschliche Lebewesen verehrt, mutig, weise und treu, das dem Guten zum Sieg über das Böse verhilft.

Die Statue aus Tamil Nadu, rechts, zeigt die Krönung Ramas.

Hinduistische Glaubenspraxis

Ungefähr acht von zehn Indern bezeichnen sich als Hindus, doch die Art, in der sie ihre Religion ausüben, ist regional sehr unterschiedlich. Der Hinduismus ist keine starre, formelle Religion mit festgesetzten Regeln und Glaubensvorstellungen, sondern eine Lebensart, die alle Bereiche eines Hindus beeinflusst, beginnend von der Nahrungszubereitung, dem Schulbesuch bis hin zur Arbeitswelt. Hindus versuchen ihr Leben nach einem Verhaltenskodex, dem so genannten *Dharma*, zu leben. Das bedeutet, seine Pflicht gegenüber der Familie und den Freunden zu erfüllen, den Nachbarn zu helfen, freundlich zu anderen zu sein und die Wahrheit zu sagen. Trotz aller Unterschiede haben die verschiedenen hinduistischen Traditionen viele gemeinsame Vorstellungen. Dazu zählt der Glaube an die Reinkarnation, d. h. dass beim Tod die Seele in einem anderen Körper wiedergeboren wird. Das nächste Leben wird von den guten oder schlechten Taten des gegenwärtigen Lebens und deren Folgen, dem so genannten *Karma*, bestimmt. Das Ziel des spirituellen Lebens der Hindus ist es, den Kreislauf von Geburt und Wiedergeburt zu durchbrechen und *Moksha*, die endgültige Erlösung, zu finden.

Die heilige Silbe Aum *(Om) wird am Anfang und am Ende jedes Gebets und während der Meditation gesprochen. Den Schriften zufolge handelt es sich dabei um den ersten Laut, aus dem der Rest der Welt erschaffen wurde.*

Diese Frau hält einen tragbaren Schrein mit dem Bild von Bhairava, einer Erscheinungsform des Gottes Shiva.

Götterverehrung

Die Hindus verehren außer den drei Hauptgöttern der Trimurti (siehe vorige Seite) tausende von niederen Göttern und Göttinnen. Einige von ihnen werden in ganz Indien verehrt, andere in einem bestimmten Dorf (wie die Tonfigur rechts) oder sogar nur in einer Familie. Dazu zählen auch Geister, die das Dorf beschützen oder ruinieren können, wenn sie nicht respektvoll behandelt werden.

Eine Bild von Karumari Amman, einer beliebten Dorfgöttin aus dem südlichen Indien.

Statue einer Dorfgöttin aus Tamil Nadu im südlichen Indien.

Die Karte zeigt die Gebiete der Hindu-Bevölkerung in Asien.

Das Feuer spielt im hinduistischen Glauben eine Schlüsselrolle. Es ist der Bote zwischen den Göttern und den Menschen, der Böses fern hält. Bei dieser Reinigungszeremonie hält eine Frau zwei Schalen mit Flammen, eine weitere befindet sich auf ihrem Kopf.

Eine heilige Pferdefigur aus Tamil Nadu in Südindien ist der Schutzgeist eines Dorfes. Sie wird von tapferen Kriegern begleitet, die die Dorfbewohner beschützen.

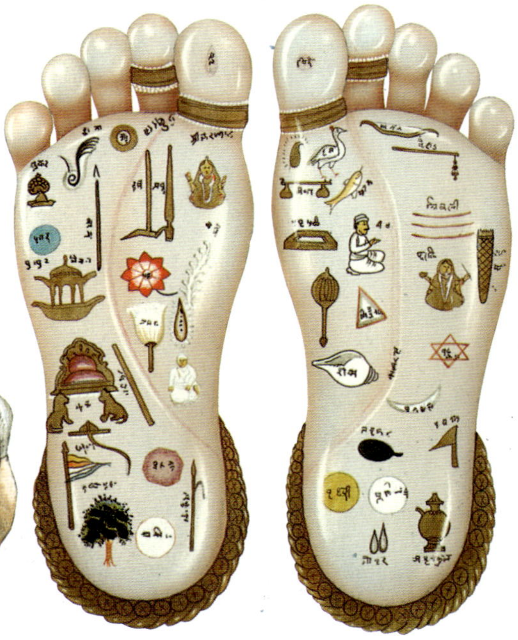

Eine Darstellung der Fußabdrücke des großen Gottes Vishnu. Sie sollen seine göttliche Gegenwart auf der Erde symbolisieren.

Hindu-Kult

Viele Hindus besuchen den *Mandir* (Tempel) um zu beten, viele andere vollziehen ihr tägliches Gebet, genannt *Puja*, jedoch zu Hause. Sie reservieren einen Raum oder einen Teil davon für einen Schrein mit dem Bild der von der Familie bevorzugten Gottheit. *Puja* beginnt mit dem Rezitieren von Gebeten, den so genannten *Mantras*, aus heiligen Schriften. Danach werden der Gottheit als Gegenleistung für ihren Segen Gaben wie Blumen, Früchte und Süßigkeiten dargebracht.

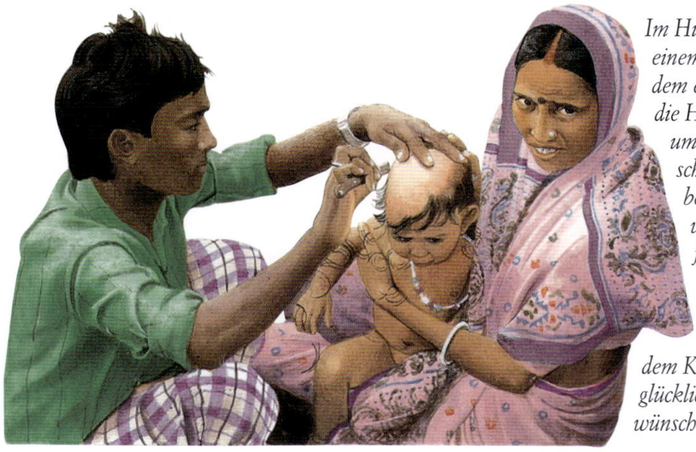

Im Hinduismus werden einem Baby noch vor dem ersten Geburtstag die Haare geschnitten, um etwaiges schlechtes Karma *zu beseitigen. Das Haar wird als Opfergabe für die Götter verbrannt. Ein Gebet wird gesprochen, um dem Kind ein langes, glückliches Leben zu wünschen.*

Wenn ein Hindu-Junge ungefähr 10 Jahre alt ist, findet für ihn die heilige Schriftzeremonie statt. Sie kennzeichnet das Ende seiner Kindheit und den Beginn des Erwachsenenlebens.

Übergangsriten

Das Leben eines Hindus gliedert sich gewöhnlich in vier Abschnitte, so genannte *Ashramas*: *Brahmacharya*, das Studentenleben; *Grihasta*, das Eheleben; *Vanaprastha*, der Ruhestand; und *Sannyasin*, das Entsagen des weltlichen Lebens. In jedem Abschnitt müssen bestimmte Pflichten erfüllt werden. Besondere Momente des Lebens wie Geburt, Hochzeit und Tod werden durch Zeremonien gekennzeichnet, so genannte *Samskaras*, die vor einem heiligen Feuer stattfinden. Es gibt üblicherweise 16 *Samskaras*, die noch vor der Geburt eines Kindes mit Gebeten für seine Gesundheit und seine Zukunft beginnen.

Eine hinduistische Braut an ihrem Hochzeitstag. Hochzeiten dauern mehrere Tage lang, und es werden viele Rituale durchgeführt. Das wichtigste sind die sieben Schritte um das heilige Feuer, wo bei jedem Schritt ein Gelübde abgelegt werden muss.

Wenn ein Hindu stirbt, wird sein Körper auf einem Scheiterhaufen eingeäschert. Nach Möglichkeit wird die Asche gesammelt und im heiligen Fluss Ganges verstreut.

Religiöse Pfade

Im Hinduismus gibt es vier Pfade oder Wege, um zu *Moskha* zu gelangen. Jeder Mensch muss den Weg wählen, der am besten zu ihm passt. Die vier Wege sind *Bhakti* (Hingabe), *Jnana* (Erkenntnis), *Karma* (Handeln) und *Yoga* (Meditation). Hindus, die *Bhakti* folgen, sind ihrem persönlichen Gott, z. B. Krishna oder Rama, ergeben. Anhänger von *Jnana* versuchen den wahren Sinn des Lebens durch Lernen und Studieren zu finden. *Karma* bedeutet das Handeln und seine Folgen. Anhänger von *Karma* sollten selbstlos und uneigennützig sein. Einige Hindus trainieren ihren Körper und ihre Gedanken mit *Yoga* und Meditation (siehe oben), um sich *Moksha* zu nähern.

Tanz und Drama

Tanz und Drama spielen bei den religiösen Feierlichkeiten der Hindus eine wichtige Rolle. Viele Tänze und Theaterstücke sind von Legenden und Mythen inspiriert. Zu Festzeiten ziehen Schauspieler von Dorf zu Dorf und führen Szenen aus dem Ramayana und dem Mahabharata auf oder stellen sie tänzerisch dar. Diese Veranstaltungen sind sehr beliebt. Der klassische indische Tanz folgt strengen Regeln, die vor tausenden von Jahren festgelegt wurden. Die zwei bedeutendsten Tänze sind *Bharata Natya* und *Kathakali*. *Kahtakali* wird nur von Männern mit fabelhaften Masken und Kostümen getanzt, um den Inhalt der großen Epen tänzerisch wiederzugeben.

Eine Bharata Natya-Tänzerin. Bei diesem klassischen indischen Tanz hat jede Bewegung der Hände, des Kopfes und der Augen eine besondere Bedeutung. Sie bringen ein Gefühl oder einen Teil der Handlung zum Ausdruck.

In einigen Teilen Indiens wird beim Dussehra-Fest der Sieg Ramas über Ravana gefeiert, wie es im Ramayana erzählt wird. Die Geschichte wird in Prozessionen und Theaterstücken vorgespielt.

Feste

Einige hinduistische Feste, z. B. Holi oder Diwali, werden von den Hindus auf der ganzen Welt gefeiert (siehe Seite 19). Es gibt aber auch viele lokale Feste, die bestimmten Gottheiten gewidmet sind. Die Rituale und die Kultformen unterscheiden sich von Ort zu Ort. Bei den Feiern, die entweder zu Hause oder im Tempel stattfinden, kommt die Gemeinde zusammen, um in den heiligen Schriften zu lesen und Rituale zu vollziehen. Bei einigen Festen finden Prozessionen statt.

Diese hölzerne Schlangenmaske wird bei einigen Tänzen getragen, um böse Geister, die Krankheiten hervorrufen, zu vertreiben. Im Hinduismus sollen heilige Schlangen Menschen vor Übel beschützen.

Umzüge

Einige Feste werden mit spektakulären Straßenumzügen und Prozessionen gefeiert. Diese Rituale finden zu Ehren Gottes oder der Götter statt, oder um den Gläubigen geheiligte Gegenstände zu zeigen. Während der Umzüge werden die Taten der Begründer oder Lehrer aufgeführt. Einige Umzüge oder Prozessionen finden in Notzeiten statt, wenn die Gläubigen Gottes Fürsprache erbitten.

Im August findet in Kandy, Sri Lanka, eine besondere Prozession mit schön geschmückten Elefanten statt. Ein Elefant trägt eine Schatulle, die eine kostbare Reliquie, einen angeblich von Buddha selbst stammenden heiligen Zahn, enthält.

Religiöse Feiertage

Feiertage und Feste sind wichtige Elemente jeder Religion und jedes Glaubenssystems. Dabei feiern die Mitglieder einer Glaubensgemeinschaft ein bestimmtes Ereignis mit Gottesdiensten, Zeremonien, Gebeten, Prozessionen, Essen, Musik und Tanz. Diese Feste sind nicht nur ein freudiges Ereignis, sondern bieten auch die Gelegenheit, in der Gruppe zusammenzukommen und sich Gott, den Freunden und der Familie näher zu fühlen. Entscheidende Momente des Jahres, z. B. das Einbringen der Ernte vor Winterbeginn, Neujahr oder der Wechsel der Jahreszeiten werden mit religiösen Festen gefeiert, die sehr alten Ursprungs sind. Viele Feste finden zu Ehren besonderer Ereignisse in der Geschichte einer Religion oder im Leben ihrer Götter, Begründer oder Lehrer statt.

Karneval, ein christliches Fest, wird mit Umzügen und Verkleidungen gefeiert, bevor die Fastenzeit, eine Zeit der Enthaltsamkeit und des Gebets, beginnt.

Zu Ostern erinnern sich die Christen an die Kreuzigung Jesu und seine Auferstehung. Kerzen, ähnlich denen, die der Junge hält, werden symbolisch für die Auferstehung Jesu angezündet.

Musik und Tanz

In einigen Religionen wird mit Musik und Tanz gefeiert. Manche Gläubige singen Hymnen und Lieder, um Gott zu preisen und zu danken. In anderen Kulturen wird getanzt, um mit den Göttern und Geistern in Verbindung zu treten. Die westafrikanischen Völker Ashanti und Dogon beziehen Musik und Tanz in ihre Bestattungsrituale mit ein. Die Ashanti glauben, dass die Seele eines Verstorbenen in fünf Tagen über einen Hügel in den Himmel aufsteigt. Während dieser Zeit fasten und singen die Trauernden als Zeichen ihres Kummers. Dogon-Tänzer, wie der links abgebildete, tragen aufwändige Masken und rot gefärbte Kostüme als Symbol des Todes.

Kerzen anzünden

Zu vielen Ritualen und Feiern gehört das Anzünden von Kerzen, Lampen oder Laternen. Diese Lichter werden sowohl bei festlichen als auch bei ernsten Anlässen entzündet. Für viele Gläubige symbolisiert das Licht die Gegenwart Gottes. Brennende Kerzen oder Lampen können auch ein Zeichen des Opfers sein.

Holztrommeln werden bei vielen afrikanischen Festen eingesetzt, damit die Tänzer leichter den Rhythmus halten können. Die Trommeln werden manchmal selbst zu eigenständigen Kultgegenständen.

Ein Tänzer aus Papua-Neuguinea in feierlichem Kostüm.

Festliche Kleidung

Viele Gläubige tragen zum Zeichen eines besonderen Anlasses bei Zeremonien besondere Kleidung. Farbenprächtige Kleider und Kostüme tragen zur Festlichkeit vieler Feiern bei. Diese Kinder, oben, sind festlich gekleidet, um das japanische Blumenfest Hanamatsuri zu feiern, das an Buddhas Geburtstag stattfindet. Sie legen Blumen an einen Schrein, um an Buddhas Geburt in einem schönen Garten zu erinnern.

Festessen

In einigen Religionen werden Feiertage mit Fasten begangen, das heißt, gewisse Gerichte werden nicht gegessen. Einigen Gläubigen hilft das Fasten bei der Reinigung ihres Geistes. Andere wiederum verbinden Feste mit dem Kochen und dem Verzehr von köstlichen Speisen. Viele von ihnen haben eine bestimmte Bedeutung und werden nur an Festtagen gegessen. Links hilft ein jüdischer Vater seiner Tochter bei der Zubereitung eines *Challah*-Brotlaibes. Dieses wird am Sabbat, dem geheiligten Tag der Juden, und an anderen jüdischen Feiertagen gegessen. Das Brot wird geflochten, um die Juden an Gott, die *Thora* (das heilige Buch) und das heilige Land Israel zu erinnern.

Challah-*Brotlaibe werden paarweise serviert, da am Sabbat weder gebacken noch sonst irgendwie gearbeitet werden darf.*

Ein für Weihnachten gebackenes Lebkuchenhaus.

Am chinesischen Neujahrstag werden viele besondere Speisen als Glücksbringer für das kommende Jahr gekocht. So sollen z. B. Nudeln für ein langes Leben sorgen. Die Süßspeisen auf diesem Teller, einem „Tablett der Zusammengehörigkeit", symbolisieren Glück, Wohlstand und Gesundheit.

Gebet und Meditation

Das Gebet ist für viele Gläubige sehr wichtig. Einige treten durch das Gebet mit Gott in Verbindung, während andere dadurch zu innerem Frieden und Ruhe finden. Manche Feiertage sind eine besondere Zeit des Betens und des Nachdenkens. Die Art und Weise des Gebets unterscheidet sich in den einzelnen Religionen. Feiertage können die Gläubigen zum Gebet zusammenführen oder auch eine Zeit der persönlichen geistigen Besinnung darstellen.

Einige Muslime verbringen die Nacht Laylat ul-Qadr, *die so genannte Nacht der Macht, indem sie beten und im* Koran, *dem heiligen Buch, lesen. Muslime erinnern sich daran, wie Allah die Worte des* Korans *erstmals dem Propheten Mohammed offenbarte.*

Häuser schmücken

Dekorationen veranschaulichen die Bedeutung von Feiertagen. Sie tragen zu der für Feiertage typischen festlichen Atmosphäre bei. Einige Gläubige schmücken ihre Häuser sowohl außen als auch innen. Als Dekorationsmaterial werden u. a. Blumen, Zweige, Früchte, Lichter, Banner und Fahnen verwendet. Diese Dekorationen dienen als Symbole, die den Gläubigen helfen sollen, sich an wichtige geschichtliche Ereignisse oder religiöse Wahrheiten zu erinnern.

Das Anzünden der Kerzen beim Chanukkafest erinnert die Juden daran, wie Gott auf wundersame Weise die Tempellampe acht Tage lang brennen ließ, obwohl das Öl nur für einen Tag ausreichte.

Beim Diwali-Fest schmücken die Hindus ihre Häuser mit Öllampen und bringen den Göttern im Mandir *(Tempel) Opfer dar. Die Öllampen werden angezündet, um Gott Rama den Weg aus seinem Exil nach Hause zu zeigen und Lakshmi, der Göttin des Reichtums und des Glücks, oben, den Weg zu den Häusern der Menschen zu weisen.*

Geschenke machen

Der Austausch von Geschenken ist ein Ritual, das viele Religionen gemeinsam haben. Zu vielen Festen gehört das Schreiben von Karten und der Austausch von Geschenken, die oft symbolische Bedeutung haben. Die Geschenke erinnern viele Gläubige an die Großmut und Güte Gottes. Sie sind aber auch eine Geste der Nächstenliebe und des guten Willens. Als Zeichen des Friedens können Geschenke die Gläubigen unterschiedlicher Religionen zusammenbringen.

Zu Ostern verschenken viele Christen Ostereier als Symbol des neuen Lebens. Das hier abgebildete schön verzierte Ei war ein Geschenk von Zar Nikolaus II. an seine Frau zum Osterfest des Jahres 1895.

Beim Holi-Fest im Frühling spielen sich Hindus gegenseitig Streiche, u. a. bespritzen sie sich mit gefärbtem Wasser, um sich an Gott Krishnas schalkhafte Kindheit zu erinnern.

Jahreszeiten feiern

Seit langer Zeit feiern die Menschen die Jahreszeiten, die wichtige Zeitabschnitte für die Bauern in aller Welt darstellen. Der Wechsel der Jahreszeiten wird durch viele religiöse Feste mit tiefgründiger Bedeutung gefeiert. Im Frühling, einer Zeit der Hoffnung und des geistigen Aufbruchs, finden Feste anlässlich des Wiedererwachens der Natur statt. Im Herbst bekunden die Gläubigen bei Erntedankfesten ihre Freude und ihren Dank über die Früchte, die die Erde hervorgebracht hat.

Das Relief, oben, zeigt Königin Mayas Traum von einem weißen Elefanten vor der Geburt Buddhas.

Die Abbildung unten zeigt Siddharta, der seine Heimat verlässt. Die Götter dämpften das Geräusch der Pferdehufe, damit niemand seinen Aufbruch hören konnte.

Das Leben und der Weg Buddhas

Der Buddhismus entwickelte sich vor ungefähr 2500 Jahren im nordöstlichen Indien. Er beruht auf den Lehren des indischen Adeligen Siddharta Gautama, der dann Buddha oder „der Erleuchtete" wurde. Siddharta kam auf die Welt, nachdem seine Mutter, Königin Maya, von einem rein weißen Elefanten geträumt hatte. Er wuchs in Luxus auf und wurde vom Übel der Außenwelt abgeschirmt. Im Alter von 29 Jahren erlitt er dann einen Schmerz, der sein Leben veränderte. Der Legende zufolge sah Siddharta auf einer heimlichen Ausfahrt mit einem Wagen einen kranken, einen alten und einen toten Mann. Dann sah er einen heiligen Mann, der – obwohl arm – glücklich und zufrieden war. Siddharta gelobte, sein privilegiertes Leben aufzugeben und dem Beispiel jenes heiligen Mannes zu folgen. Er entschloss sich, seine Heimat zu verlassen und sich auf die Suche nach der Wahrheit zu begeben.

BUDDHISMUS

Ursprünge Der Buddhismus wurde von Siddharta Gautama im 5. oder 6. Jh. v. Chr. in Nordindien begründet.

Glaube Die Befolgung der Lehren Buddhas führt zur Erleuchtung und zur Befreiung aus dem Kreislauf der Wiedergeburten.

Hauptrichtungen *Mahajana, Hinajana, Vajrajana* und Lamaismus (tibetischer Buddhismus)

Anhänger über 360 Millionen.

Schriften *Tipitaka* (von allen Buddhisten anerkannt). Jede Strömung hat ihre eigenen heiligen Schriften.

Die Suche nach Wahrheit
Auf seiner Suche nach Wahrheit reiste Siddharta lange Zeit durch Nordindien. Sechs Jahre lang lebte er als Asket fastend und meditierend in den Wäldern. Es war ein sehr hartes Leben. Siddharta aß so wenig, dass er völlig abmagerte und beinahe vor Hunger starb.

Buddhas Erleuchtung
Siddharta verließ die Wälder und machte sich auf den Weg in die Ortschaft Bodh Gaya. Er setzte sich zur Meditation unter einen Feigenbaum. In der Nacht versuchte Mara, der Böse, Siddharta von seinem Streben abzubringen. Aber Siddharta widerstand Mara und erkannte schließlich die Wahrheit. Von diesem Moment an wurde er Buddha genannt, was so viel wie „der Erleuchtete" bedeutet.

Buddha und seine ersten vier Anhänger.

Buddhas Lehren
Nach seiner Erleuchtung lebte Buddha als Mönch und verkündete seine Lehre. Er lehrte, dass die Menschen durch ihr Begehren litten. Der Ausweg aus diesem Leiden bestand im Mittleren Pfad zwischen großem Luxus und großer Entbehrung. Dieser würde zur Erleuchtung und zum vollkommenen Frieden *Nirvanas* führen.

Der heilige Bodhi-Baum, unter dem Buddha gesessen hat, symbolisiert seine Erleuchtung.

Dieses Bild zeigt Buddhas lang gezogene Ohrläppchen. Sie deuten darauf hin, dass er aufgrund seiner adeligen Herkunft schwere Ohrringe getragen hat.

Die Lehre Buddhas, genannt Dharma, *wird oft durch das Symbol des Rades dargestellt.*

Diese Karte zeigt Nordindien zu Zeiten Buddhas und einige der bedeutendsten buddhistischen Kultstätten.

Strömungen des Buddhismus
Etwa hundert Jahre nach Buddhas Tod kam es zwischen einzelnen Mönchsgruppen zu Unstimmigkeiten hinsichtlich Buddhas Lehre. Daraufhin teilte sich der Buddhismus in zwei Hauptströmungen: *Hinajana*, die „Lehre der Alten“, und *Mahajana*, das „Große Fahrzeug“. Der *Hinajana*-Buddhismus verbreitete sich allmählich von Indien aus nach Sri Lanka, Thailand, Kambodscha, Laos und Birma, der *Mahajana*-Buddhismus hingegen nordöstlich nach Nepal, Tibet, China, Japan, Vietnam und Korea.

Der schöne Ananda-Stupa in Pagan, Birma, wurde im 11. Jh. erbaut.

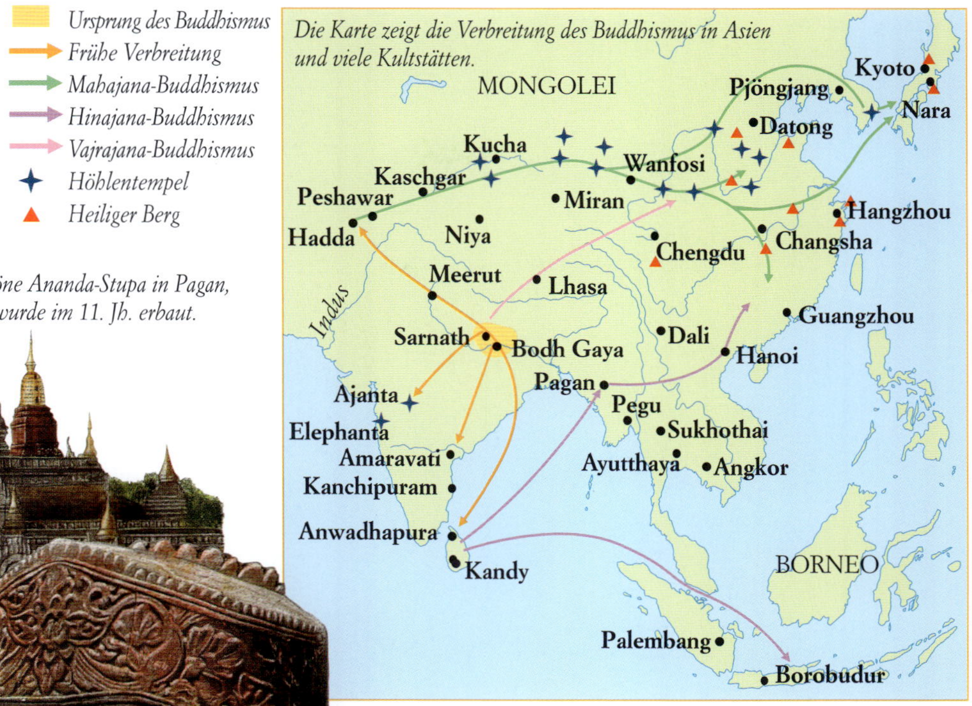

Die Karte zeigt die Verbreitung des Buddhismus in Asien und viele Kultstätten.

Heilige Schriften
Nach Buddhas Tod wurde seine Lehre jahrhundertelang mündlich weitergegeben. Bis zum 1. Jh. v. Chr. wurde sie nicht niedergeschrieben. Die ältesten Schriften sind der *Pali-Kanon*, auch *Tipitaka* genannt, der den *Hinajana*-Buddhisten heilig ist. Die *Mahajana*-Buddhisten haben ihre eigenen Texte, die so genannten *Sutras*.

Ein Buddhakopf aus Kambodscha, einem Land des Hinajana-*Buddhismus.*

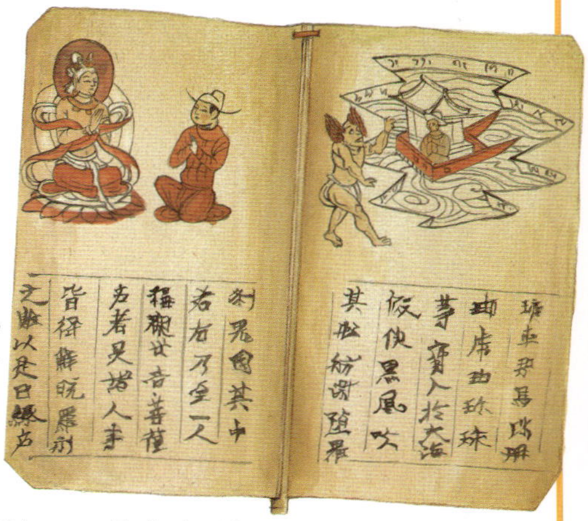

Der Lotos Sutra, *einer der wichtigsten Texte des* Mahajana-*Buddhismus.*

Diese Zeichnung, ein so genanntes Mandala, *unterstützt die Meditation im tibetischen Buddhismus.*

Buddhismus in Tibet
Im 7. Jh. n. Chr. breitete sich der Buddhismus von Indien nach Tibet aus. Dabei verschmolz eine Art des *Mahajana*-Buddhismus mit den magischen Ritualen des Tantrismus. Die bekannteste Schule des tibetischen Buddhismus ist *Gelupga*, die so genannten Gelbmützen. Ihr Oberhaupt ist der Dalai Lama. Bis zur chinesischen Besetzung in den Fünfzigerjahren des 20. Jhs. war der Dalai Lama das religiöse und politische Oberhaupt Tibets. Er lebt nun im Exil in Indien.

Viele tibetische Klöster wurden von den Chinesen zerstört. Einige wurden jedoch auch neu gebaut.

Buddhismus im Westen
Der Buddhismus erreichte die westliche Welt gegen Ende des 19. Jhs. durch die Schriften westlicher Gelehrter und deren Übersetzungen von alten buddhistischen Texten. Er verbreitete sich auch aufgrund der Ansiedlung von Menschen aus buddhistischen Ländern im Westen. Der Buddhismus entwickelte sich seither zu einer sehr populären Religion in Europa und in Nordamerika. Tausende von Menschen wurden zu Buddhisten und es entstanden buddhistische Klöster und Zentren.

Der englische Schriftsteller Sir Edwin Arnold (1832–1904) schrieb ein langes Gedicht Das Licht Asiens, *dem ein altes buddhistisches Werk zu Grunde liegt. Es erweckte umgehend das Interesse am Buddhismus in England und Nordamerika.*

Eine Zen-*Nonne aus den Vereinigten Staaten.*

***Zen*-Buddhismus**
Der *Zen*-Buddhismus entstand im 6. Jh. in China und gelangte im 12. Jh. nach Japan, wo er sich weiterentwickelte. Meditation und Studium stehen im Mittelpunkt seiner Lehre: *Zen*-Mönche suchen in jahrelangem Nachdenken Antworten auf Rätsel, die *Koan* genannt werden, um durch die Herausforderung ihres Geistes zur Erleuchtung zu gelangen. In der zweiten Hälfte des 20. Jhs. brachten Lehrer aus Japan und Korea den *Zen*-Buddhismus in den Westen. Heute gibt es in Nordamerika und in Europa viele *Zen*-Gemeinschaften.

Bilder von Buddha
Buddha wurde zuerst nicht als Person, sondern symbolisch durch ein Rad, einen Bodhi-Baum oder einen Fußabdruck dargestellt. Später entwickelten sich viele verschiedene Stile buddhistischer Kunst. Eine Legende beschreibt die Geschichte der rechts abgebildeten zweiköpfigen Buddha-Statue. Zwei chinesische Pilger liebten Buddha von ganzem Herzen und träumten davon, ein Bild von ihm zu besitzen. Aber sie waren so arm, dass sich nicht jeder von ihnen ein eigenes Bild leisten konnte und so ließen sie sich ein gemeinsames anfertigen. Als Zeichen seines Mitgefühls und seiner Großmut teilte Buddha es in zwei Bilder.

Heilige Stätten
Das schön gemeißelte Tor, rechts, beschützte den Großen Stupa von Sanchi in Indien. Es stammt aus dem 1. Jh. v. Chr. und ist mit buddhistischen Symbolen und Szenen geschmückt, wobei es von Buddha selbst keine Bilder gibt. Stupas sind halbkugelförmige Kultbauten, die das buddhistische Universum darstellen. Sie wurden ursprünglich zur Aufnahme der Reliquien Buddhas oder der Lehrer und Mönche gebaut.

Der Bodhisattva *Samantabhadra, der das buddhistische Gesetz verkörpert, sitzt mit einer Schriftrolle in der Hand auf einem Elefanten.*

Der Bodhisattva *Avalokiteshvara führt Menschen nicht nur zur Erleuchtung, sondern steht ihnen auch bei ihren täglichen Problemen bei.*

Dakinis *sind Göttinnen im tibetischen Buddhismus, die andere himmlische Wesen begleiten. Sie werden oft tanzend und mit einem Zauberstab dargestellt.*

Erleuchtete Wesen
Buddha behauptete nicht, ein Gott zu sein und wollte auch nicht als solcher verehrt werden. Die Buddhisten würdigen ihn vielmehr als außergewöhnlichen Menschen, der zur Erleuchtung gelangt ist. Einige Buddhisten verehren jedoch gottähnliche Wesen, so genannte *Bodhisattvas*. Das sind vollkommene, himmlische Gestalten, die Erleuchtung gefunden haben und nun in das Nirvana eintreten könnten. Sie ziehen es jedoch vor, in dieser Welt zu bleiben und anderen Menschen zur Erkenntnis zu verhelfen. Einer der bekanntesten *Bodhisattvas* ist Avalokiteshvara, oben, der das vollkommene Mitgefühl verkörpert.

Die Göttin Tara
Wie alle *Bodhisattvas* wird die Weiße Tara für ihr großes Mitgefühl verehrt. Sie symbolisiert Reinheit und Wissen jenseits der menschlichen Existenz. Der Legende nach wurde sie aus einem Auge von Avalokiteshvara, oben rechts, geboren. Sie wird üblicherweise mit einem dritten Auge auf der Stirn und einem Auge auf jeder Handfläche dargestellt.

Mit der linken Hand macht Tara eine symbolische Geste der Wohltätigkeit und der Aufrichtigkeit, während sie mit der rechten Hand einen vollkommenen Kreis formt.

Ein himmlisches Wesen, das Gandharva *genannt wird.* Gandharvas *sind himmlische Musikanten.*

Der künftige Buddha
Buddhisten glauben, dass der nächste Buddha auf der Erde Maitreya sein wird. Er lebt bis zum Untergang des Buddhismus in einigen tausend Jahren in einem Himmelreich, dem so genannten *Tusita*-Himmel. Man glaubt, dass seine Ankunft auf der Erde ein goldenes Zeitalter einläuten wird.

Eine bronzene Sitzfigur aus Korea mit der Darstellung Maitreyas aus dem 7. Jh. n. Chr.

Buddhistischer Glaube und Tradition

Buddhisten folgen einem Gedanken- und Glaubenssystem, das auf der Lehre Buddhas, auch *Dharma* genannt, beruht. Buddha lehrte, dass jeder die Wahrheit für sich selbst erkennen muss. Seine Lehren sind nur als Wegweiser zu verstehen, denen es zu folgen gilt. Buddhisten glauben, dass *Dharma*, Buddha selbst und *Sangha*, die buddhistische Gemeinschaft, die drei Juwelen des Buddhismus darstellen. Sie werden „Juwelen" genannt, da sie so wertvoll sind. Buddhisten vertrauen sich den drei Juwelen als ihren Wegweisern durch das Leben an. Sie stimmen auch den fünf Grundregeln, den so genannten fünf Richtlinien, zu. Sie versprechen, nicht zu töten oder lebendigen Dingen zu schaden, nicht zu stehlen, nicht zu lügen, sich sexueller Entgleisungen zu enthalten und Drogen und Alkohol zu meiden. Wie die Hindus glauben Buddhisten an *Karma*, das Gesetz von Ursache und Wirkung, und an die Reinkarnation. Gute Handlungen führen zu einer besseren Wiedergeburt, näher bei *Nirvana*. Schlechte Taten lassen einen weiter entfernt von *Nirvana* geboren werden. Das höchste Ziel jedes Buddhisten besteht darin, dem Kreislauf von Geburt und Wiedergeburt zu entrinnen und zu vollkommenem Frieden und zur Glückseligkeit des *Nirvana* zu gelangen. Aus diesem Grund versuchen sie, Buddhas Lehren zu folgen und barmherzige, gütige und großzügige Eigenschaften in ihrem Leben zu entwickeln.

Mönche helfen der Gemeinschaft, indem sie in örtlichen Schulen unterrichten.

Buddhistische Mönche

Buddha lebte nach seiner Erleuchtung als Mönch. Viele Buddhisten folgen seinem Beispiel und leben als Mönche oder Nonnen. Sie geben ihr Zuhause und ihre weltlichen Güter auf und widmen sich der Ausübung, dem Studium und der Lehre des *Dharma*. Das Leben im Kloster ist hart. Die Mönche verfügen über wenig eigenen Besitz und folgen strengen Regeln. Was das Essen und die täglichen Bedürfnisse anbelangt, sind viele von der örtlichen buddhistischen Gemeinde abhängig.

Ein Mönch, der sein Gesicht nach einem alten Brauch in Sri Lanka mit einem Palmblatt bedeckt.

Ein junger Mönch bei seiner Einsetzung in Kambodscha. Er trägt ein safrangelbes Gewand und hat seinen Kopf kahl geschoren, um zu zeigen, dass er seine Bande zum weltlichen Leben gebrochen hat.

Glaubenspraxis und Meditation

Viele Buddhisten machen Buddha ihre Aufwartung im örtlichen *Vihara* oder Tempel. Im Schreinraum bringen sie vor einem Buddha-Bild Blumen, Kerzen und Weihrauch als Opfergaben dar. Sie bekunden ihre Verpflichtung gegenüber den drei Juwelen und den fünf Grundsätzen und bringen Geschenke für die Mönche mit. Meditation ist ein wesentlicher Bestandteil der buddhistischen Glaubenspraxis. Von der Meditation erwarten sich Buddhisten einen ruhigen und klaren Geisteszustand und sie hoffen, wie Buddha zur wahren Erkenntnis zu gelangen.

Ein Tänzer mit einer makabren Maske bei einer Vorführung in einem Tempel in Ladakh.

Buddhistische Feste

Innerhalb eines Jahres finden viele buddhistische Feste statt. Zu den wichtigsten Feierlichkeiten gehören besondere Momente im Leben Buddhas, z. B. sein Geburtstag oder seine Erleuchtung. Andere Feste finden anlässlich eines neuen Jahres oder besonderer geschichtlicher Ereignisse des Buddhismus statt. Die Feiern sind von Land zu Land verschieden und verschmelzen oft mit lokalen Bräuchen und Traditionen. Zu Festzeiten besuchen viele Menschen ihren örtlichen *Vihara*, um Buddha zu ehren und den Mönchen Geschenke zu bringen.

Ein Mann bringt Weihrauch als Opfer dar.

Ein buddhistischer Mönch hisst Gebetsfahnen, um Losar, das tibetische Neujahr, zu feiern.

Jainismus

Der Jainismus wurde im 6. Jh. v. Chr. von einem Mann namens Vardhamana Mahavira, dem „Großen Helden“, in Indien begründet. Wie sein Zeitgenosse Buddha gab auch Mahavira sein privilegiertes Leben auf, um ein umherziehender Bettler zu werden. Er war mit den Lehren anderer Religionen, einschließlich der des Hinduismus, unzufrieden und verbrachte zwölf Jahre mit Fasten und Meditation, um zur vollkommenen Erkenntnis zu gelangen. Schließlich erreichte er die Erleuchtung und widmete den Rest seines Lebens mit der Lehre seines Glaubens. Als er im Alter von 72 Jahren starb, hatte er viele Anhänger in Westindien gefunden. Heute gibt es ungefähr vier Millionen Jaina, von denen die meisten in Indien leben.

JAINISMUS

Ursprünge Im 6. Jh. v. Chr. von Vardhamana Mahavira (599-527 v. Chr.) in Indien begründet.

Glaube Spirituelle Lehrmeister, genannt *Tirthankaras*, helfen den Anhängern, aus dem Kreislauf der Wiedergeburten auszubrechen. Wichtigster Grundsatz: Gewaltlosigkeit gegenüber allen Lebewesen.

Hauptrichtungen *Svetambara, Digambara*

Anhänger ca. 4 Millionen.

Schriften *Siddhanta*, die *Anuyoga*-Schriften, *Purvas* (einschließlich dem *Kalpa Sutra*) und *Tattvarthasutra*.

Jainistische Glaubensvorstellungen
Wie Hindus und Buddhisten glauben die Jaina an den Kreislauf von Geburt, Tod und Wiedergeburt. Aber für sie liegt die Wurzel des *Karma* im Festhalten an materiellen Dingen und an negativen Emotionen, wie Gier oder Zorn, die die Seele belasten. Gute Taten, Selbstkontrolle und ein einfaches Leben tragen dazu bei, das *Karma* wegzuwaschen. Sie erlauben der befreiten Seele, genannt *Siddha* (durch die leere Silhouette oben dargestellt), zum höchsten Punkt des Universums aufzusteigen.

Mahavira hielt seine erste Predigt auf einer runden Struktur, genannt Samavasarama.

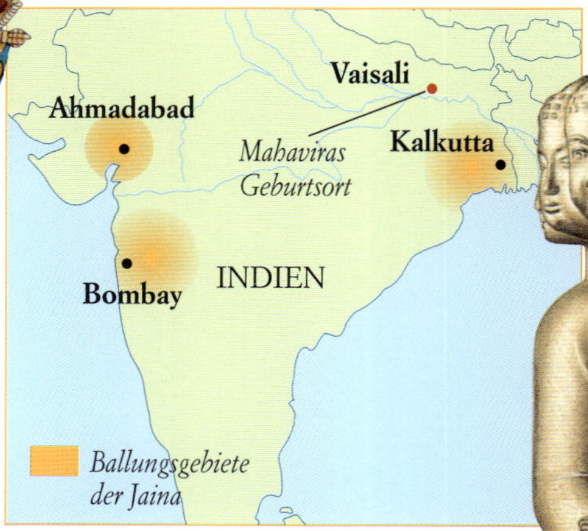

Die *Tirthankaras*
Jaina glauben nicht an einen Gott, sondern sie verehren 24 spirituelle Lehrmeister, die so genannten *Tirthankaras* oder „Furtbereiter“, die sie durch ihr Leben leiten. Diese Wesen haben die Bindung zur Welt überwunden und Erleuchtung gefunden. Mahavira war der letzte und größte *Tirthankara*. Die *Tirthankaras* werden auch *Jina* oder "Sieger" genannt, wovon sich der Name Jaina ableitet.

Der achte Tirthankara, *Chandraprabha, ist der Herr des Mondes. Der Überlieferung nach wurde er geboren, nachdem seine Mutter den Mond verschluckt hatte.*

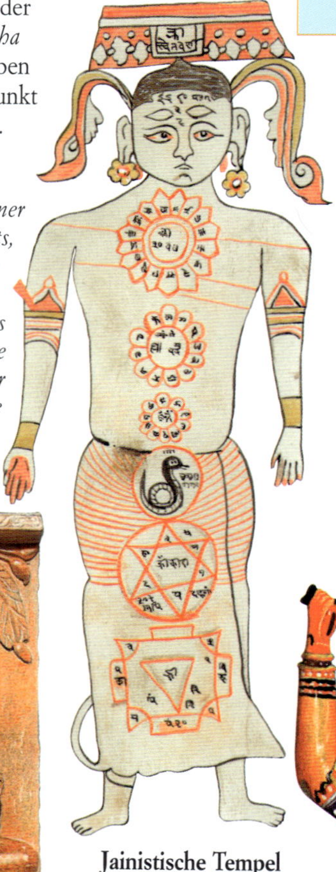

Diese Abbildung einer jainistischen Handschrift, rechts, zeigt die Chakras *oder die Räder des menschlichen Körpers. Für die Jaina sind das Körperflächen, auf denen die Seele und der Körper aufeinander treffen und die Energie gebündelt wird.*

Die fünf großen Gelübde
Jainistische Mönche und Nonnen verschreiben sich fünf großen Gelübden, die ihnen auf dem Weg zur Erleuchtung helfen sollen. Dazu zählen *Ahimsa* (keinem Lebewesen schaden), *Satya* (die Wahrheit sagen), *Asteya* (nicht stehlen), *Brahmacharya* (sexuelle Enthaltsamkeit) und *Aparigraha* (Loslösung von weltlichen Gütern und Reichtum). Der Glaube an *Ahimsa* macht die Jaina zu strengen Vegetariern. Keinem noch so kleinen Lebewesen darf etwas zu Leide getan werden, da es für sie beseelt ist.

Dieser fromme Jaina trägt eine Maske, um nicht versehentlich irgendwelche Insekten zu verschlucken und zu töten.

Jainistische Tempel
Jainistische Tempel sind sehr schöne Bauten, die zu Ehren der heiligen Bilder der *Tirthankaras* im Inneren mit vielen Schnitzereien verziert sind. Gläubige dürfen Opfer in Form von Milch, Joghurt, Zucker und Blumen über die Bilder schütten. Jainistische Tempel enthalten auch Bilder von Göttinnen, die mit den *Tirthankaras* in Verbindung stehen. Dazu zählt auch die oben abgebildete jainistische Muttergöttin Ambika. Der Legende zufolge gab sie einem Mönch Almosen und sprang dann in einen Brunnen, um vor ihrem erzürnten Mann zu fliehen. Sie wurde später als Göttin wiedergeboren.

Diese Terrakottafigur aus Südindien zeigt die Dorfgöttin Isakai Amman, die jainistischen Ursprungs ist.

Auf dieser Seite einer jainistischen Handschrift ist der Hindu-Gott Indra mit Mahaviras früher Mutter Trisala dargestellt.

Sikhismus

Die Sikh-Religion wurde Ende des 15. Jhs. im Pandschab, dem Gebiet des heutigen Pakistan und Nordwestindien, begründet. Die beiden Hauptreligionen in Indien waren damals der Hinduismus und der Islam. Vielen Menschen missfiel die tiefe Trennung der beiden, und sie fühlten sich ausgeschlossen. Der Gründer des Sikhismus, Guru Nanak, predigte, dass die Menschen allen Glaubensrichtungen gegenüber tolerant sein sollten, Gott lieben und immer an ihn denken sollten. Guru Nanak lehrte auch, dass man andere Menschen lieben muss, um Gott zu lieben. Eine Grundüberzeugung der Sikhs ist *Seva* oder „Dienen". Das bedeutet, freundlich gegenüber anderen zu sein und mit ihnen zu teilen. Die meisten der weltweit 23 Millionen Sikhs leben noch immer im Pandschab. Große Sikh-Gemeinschaften gibt es aber auch in den USA und in Großbritannien.

SIKHISMUS

Ursprünge Der Sikhismus wurde Ende des 15. Jhs. von Guru Nanak (1469-1538) im nordindischen Pandschab begründet.

Glaube Sikhs glauben an einen Gott und folgen den Lehren von 10 Gurus (Lehrer), die zwischen dem 15. und 17. Jh. lebten.

Anhänger ca. 23 Millionen.

Schriften *Guru Granth Sahib* (oder *Adi Granth*).

Die Gurus

Der Begründer der Sikh-Religion war ein geistlicher Mann namens Guru Nanak (1469–1539), oben abgebildet. Er war der erste von zehn Gurus oder Lehrern. Sikhs glauben, dass Gott seinen Willen durch diese Lehrer und durch den *Guru Granth Sahib*, das heilige Buch der Sikhs, kundtut. Jeder dieser Gurus leistete seinen eigenen Beitrag zum Sikhismus. Der vierte Guru Ram Das (1534–1581) gründete die Stadt Amritsar im Pandschab, wo sich das rechts abgebildete Hauptheiligtum der Sikhs, der Goldene Tempel, genannt *Harimandir*, befindet.

Während des Sikh-Gottesdienstes liest ein ernannter Leser, ein so genannter Granthi, aus dem Guru Granth Sahib.

Bei einer speziellen Aufnahmezeremonie werden Sikhs zu Vollmitgliedern der Khalsa, *das ist eine Bruderschaft, die die Sikh-Religion zu verteidigen gelobt.*

Die fünf „K"

Fromme Sikhs tragen fünf Glaubenssymbole, die als die fünf „K" bekannt sind, da jedes von ihnen in der Pandschabi-Sprache mit dem Buchstaben K beginnt. Die fünf K sind: *Kesh* (ungeschnittenes, von einem Turban bedecktes Haar), *Kangha* (ein hölzerner Kamm, der die Reinlichkeit symbolisiert), *Kara* (ein stählernes Armband, das die Ewigkeit symbolisiert), *Kirpan* (ein Schwert, das die Kraft symbolisiert) und *Kaccha* (eine kurze Hose, die Güte symbolisiert).

Ein Sikh meißelt heilige Verse in der Gurmukhischrift in Stein.

Das heilige Buch der Sikhs

Das heilige Buch der Sikhs heißt *Guru Granth Sahib* oder *Adi Granth*. Es enthält eine Sammlung von Andachtshymnen, die von sechs der Gurus und anderen heiligen Männern verfasst wurden. Sie sind in der für die Sprache Pandschabi verwendeten Schrift Gurmukhi niedergeschrieben. Gurmukhi bedeutet „aus dem Mund des Gurus". Jedes Exemplar des *Granth* hat 1.430 Seiten, jede Hymne befindet sich immer auf derselben Seite. Als der zehnte und letzte Guru, Gobind Singh, 1708 starb, sagte er den Sikhs, dass der nächste Guru keine lebende Person, sondern die heilige Schrift sein würde. Im *Gurdwara* (Tempel) wird der *Guru Granth Sahib* mit größter Ehrfurcht behandelt. Um seine Bedeutung zu zeigen, liegt er in ein Seidentuch gewickelt auf einem Thron unter einem Baldachin.

Sikh-Kult

Viele Sikhs gehen in ein Gebäude, das *Gurdwara* genannt wird, um sich zu versammeln und zu beten. Jeder Ort, in dem es ein Exemplar des *Guru Granth Sahib* gibt, kann *Gurdwara* sein. Die Gläubigen ziehen ihre Schuhe aus, bedecken ihre Köpfe, verbeugen sich vor der heiligen Schrift und bringen Speise- oder Geldopfer dar. Dann setzen sie sich mit verschränkten Beinen auf den Fußboden. Der Gottesdienst besteht aus Hymnen, Gebeten und Lesungen aus dem *Guru Granth Sahib*. Den Abschluss bildet ein gemeinsames Mahl, genannt *Langar*, das in der Küche des *Gurdwara* zubereitet wird. Dadurch soll gezeigt werden, dass alle gleich sind, was eine Grundüberzeugung der Sikh-Religion darstellt.

Hochzeiten und andere Festlichkeiten finden im Gurdwara *vor dem* Guru Granth Sahib *statt.*

Die Karte zeigt die Sikh-Gebiete auf dem indischen Subkontinent.

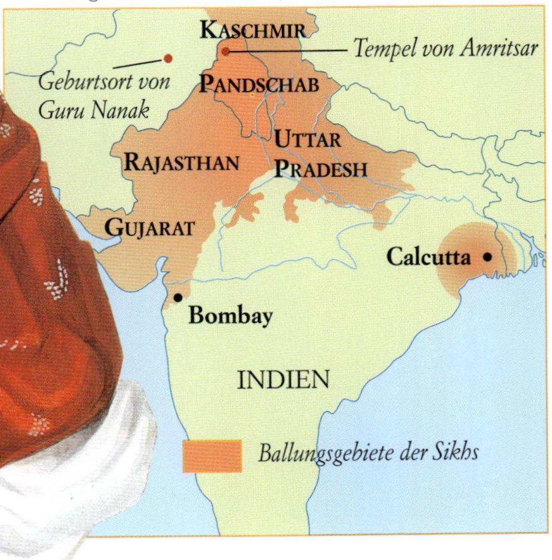

Ein Schamane oder Medizinmann in Kamerun, Afrika.

Priester als Heiler

In vielen traditionellen Gesellschaften werden einer Art Priester, dem so genannten Schamanen oder Medizinmann, besondere Heilkräfte zugesprochen. Der Schamane ist ein Mittler zwischen den Göttern und der Welt. Wenn ein Mensch krank ist, wird der Schamane gerufen, um die bösen Geister, die die Krankheit verursacht haben, zu bannen. Für die Heilung von Kranken setzt der Schamane sein großes Wissen über die Natur ein. Er verwendet Heilmittel, die aus einheimischen Pflanzen, Beeren und Wurzeln hergestellt werden. Schamanen wachen auch über die Toten und geleiten die Seele der Toten in die Welt der Geister.

Eine Moche-Schamane führt ein Ritual aus, bei dem er entweder einen Kranken heilt oder über einem Toten betet.

Priester und Priesterinnen

In vielen Religionen der Welt spielen Priester und Priesterinnen als Führer und Lehrer eine wichtige Rolle. In alten Zeiten waren Priester äußerst bedeutende Mitglieder der Gesellschaft. An einigen Orten war der höchste Priester der König selbst. Man hielt sie für Mittler zwischen der Welt der Götter und der der Menschen und sagte ihnen besondere Fähigkeiten nach. Die Menschen suchten die Priester auf, um den Willen der Götter und ihr eigenes Schicksal herauszufinden. Das schloss auch Vorhersagen für die Zukunft mit ein, die die Priester machten, indem sie die Sterne und natürliche Omen zurate zogen. Heute werden Priester allgemein als Stellvertreter Gottes bzw. der Götter auf der Erde angesehen, oder es werden ihnen heilige Kräfte zugesprochen. Im Gegensatz zu gewöhnlichen Gläubigen sind sie bevollmächtigt, religiöse Rituale und Feiern durchzuführen.

Mit einem Holzblock wehren Schamanen in Hongkong böse Geister ab.

Priester als Lehrer

In vielen Religionen fungieren Priester als Lehrer, die den Menschen helfen, mehr über ihren Glauben herauszufinden. Im Judaismus werden die geistlichen Gelehrten Rabbiner genannt. Sie studieren die Thora, das heilige Buch der Juden, halten den Gottesdienst in der Synagoge ab und leiten Hochzeiten und Begräbnisse. Sie unterstützen die jüdische Gemeinde, indem sie Ratschläge in geistlichen Belangen erteilen sowie alte und kranke Menschen besuchen.

Ein Rabbiner liest aus der Thora vor und verwendet dabei einen silbernen Zeigestock, der Yad *genannt wird.*

Einige der bedeutendsten Schamanen in Guatemala sind Frauen.

Geisterbeschwörung

Der Schamane hat angeblich die Kraft, sich mit der Welt der Geister in Verbindung zu setzen. Man vermutet, dass die Seele des Schamanen in tiefer Trance die Geister aufsucht und im Namen der Menschen mit ihnen spricht. Dabei kann es sich um die Heilung eines Kranken handeln, oder dort, wo die Menschen von der Jagd oder der Landwirtschaft leben, werden die Geister um ausreichende Beute und gutes Wetter gebeten.

Auf den Fidschi-Inseln versetzten sich Tempelpriester in einen Trancezustand, indem sie schluckweise Rauschmittel aus einer kleinen, flachen Schale, wie hier abgebildet, einnehmen.

Rituale und Opfer

Priester und Priesterinnen werden besonders ausgebildet, um Rituale und Zeremonien durchführen zu können. In vielen Religionen ist es die Aufgabe der Priester, Opfer darzubringen oder Gläubige bei Ritualen als Mittler zwischen ihnen und den Göttern anzuführen. Im Hinduismus darf nur der Priester das innere Heiligtum mit dem Gottesbild betreten. Er nimmt die Opfer der Gläubigen entgegen und führt für sie *Puja* (Anbetung) durch. Dann gibt er ihnen einen Teil der Opfergaben zurück, um ihnen Gottes Segen zuteil werden zu lassen.

Druidische Priesterinnen feiern die Sommersonnenwende in England mit verschiedenen Ritualen. Der Druidenkult reicht bis in die keltische Zeit zurück.

Jeder Hindu-Tempel hat seine eigenen Priester, so genannte Pujaris, *die aus der obersten Kaste der Brahmanen kommen.*

Im Dienst der Gemeinde

Neben ihren religiösen Aufgaben haben Priester und Priesterinnen immer wertvolle Dienste für ihre örtliche Gemeinde vollbracht. Im alten Rom waren die Vestalinnen, links, für das ewig brennende, heilige Feuer verantwortlich, um die Sicherheit von Rom zu gewährleisten. In China leben taoistische Priester, rechts, entweder im Kloster oder zu Hause, wo sie bei Bedarf religiöse Zeremonien und Rituale abhalten. Ihre Rolle ist es, aufeinander abgestimmte Riten durchzuführen, die den Menschen in ihrer Gemeinde Gesundheit und ein langes Leben bescheren sollen.

Vestalinnen wachen über das heilige Feuer von Rom.

Ein taoistischer Priester aus Taiwan in feierlichem Gewand

Gottes Wort verbreiten

In vielen Religionen versuchen Priester, das Wort Gottes durch Predigten oder Reden zu verbreiten. Im Islam ist der *Imam* ein religiöser Führer, der lehrt und der islamischen Gemeinde vorsteht. Der *Imam* ist Vorbeter in der Moschee und Prediger beim Freitagsgebet. In vielen christlichen Kirchen hält ein Geistlicher oder Priester während des Gottesdienstes eine Predigt. Üblicherweise ist das Thema eine Passage aus der Bibel.

In Japan leiten Shinto-Priester Rituale, die das Wohl der Gemeinschaft sicherstellen sollen.

Ein Imam *spricht von seiner Kanzel in der Moschee aus zur Gemeinde.*

Dieser konfuzianische Priester aus Korea, ein Nachkomme einer königlichen Familie, leitet ein Ritual der Ahnenverehrung.

Führer der Kirche

An der Spitze einiger Religionen steht ein über allem stehender Führer oder eine Autorität. Der Papst ist das Oberhaupt der römisch-katholischen Kirche. Das Wort Papst bedeutet „Vater". Vom Vatikan aus leitet der Papst die römisch-katholische Kirche auf der ganzen Welt. Für Katholiken ist der Papst der direkte Nachfolger des Apostels Petrus, der die ersten Christen anführte und zum ersten Bischof von Rom wurde. 1978 wurde der gebürtige Pole Karol Wojtyla Papst Johannes Paul II. Er ist der erste nicht italienische Papst seit 1522.

Die Szene auf dem päpstlichen Thron zeigt Jesus, der Petrus die Schlüssel für das Himmelreich übergibt.

Eine Pfarrerin leitet einen Gottesdienst.

Frauen in der Kirche

Frauen waren traditionsgemäß von vielen religiösen Tätigkeiten ausgeschlossen. Im 20. Jh. jedoch wollten viele Frauen berechtigt sein, Priesterinnen zu werden und – gleichgestellt mit den Männern – kirchliche Funktionen ausführen, einschließlich der Messe oder der Kommunion. Viele protestantische Kirchen, auch die Kirche von England, sprachen Frauen dieses Recht zu.

Der Dalai Lama ist das geistige Oberhaupt der tibetischen Buddhisten. Der derzeitige Dalai Lama, Tenzin Gyatso, lebt seit 1959 im Exil in Indien. Er bereist die ganze Welt, lehrt die Menschen den Buddhismus und klärt über Tibet auf.

Chinesische Religionen

Die chinesische Religion ist kein geschlossenes Glaubenssystem wie der Islam oder das Christentum. Sie setzt sich aus verschiedenen Philosphien und Religionen zusammen, die nebeneinander praktiziert werden. Vier davon sind besonders wichtig – der Taoismus, der Konfuzianismus, der Buddhismus und die Volksreligionen. Die ersten drei sind als *San-chiao* oder die „drei Wege“ bekannt. Chinesen fühlen sich nicht verpflichtet, eine Religion der anderen vorzuziehen. Die Einfüsse aller vier Traditionen machen sich oft in ihrer Glaubensausübung bemerkbar. Das Bild oben zeigt die Begründer der *San-chiao* – Konfuzius, Laotse (der Begründer des Taoismus) und Buddha. Alle drei lebten ungefähr zur selben Zeit. Während Buddha seine Botschaft in Indien verkündete (siehe Seiten 22–23), entstanden der Konfuzianismus und der Taoismus in China. Der Buddhismus kam im 1. Jh. n. Chr. nach China, wo er die Entwicklung der anderen beiden Philosophien beeinflusste.

CHINESISCHE RELIGIONEN

Ursprünge Die Lehren von K'ung-fu-tzu oder Konfuzius (551-479 v. Chr.) und Laotse (6. Jh. v. Chr.) bilden die Grundlage des Konfuzianismus und des Taoismus.

Glaube Hunderte von Göttern oder Unsterblichen sowie Ahnen werden zum Wohl der Gemeinschaft verehrt.

Anhänger Traditionelle chinesische Religion: 225 Millionen.

Schriften Konfuzianismus: *Fünf Klassiker* und *I-Ching*; Taoismus: *Tao-te-ching* und *Chuang-tzu*.

Guan Di, der Gott des Krieges und Beschützer des kaiserlichen Thrones.

Die Karte zeigt die mit dem Taoismus und dem Konfuzianismus assoziierten Regionen Chinas.

Der Jadekaiser
Im chinesischen Glauben war der Himmel in drei verschiedene Ebenen gegliedert. Auf der obersten lebte der Jadekaiser, links abgebildet. Er soll in einem prächtigen Palast residiert und über einen Hof geherrscht haben, der dem des irdischen Kaisers glich. Die Seelen der Adeligen und Aristokraten waren seine Höflinge, und er hatte ein Heer von himmlischen Soldaten. Die irdischen Kaiser behaupteten, dass ihnen der Himmel ihre Herrschaftsgewalt, das so genannte Mandat des Himmels, gegeben hätte. Wenn der Herrscher nicht weise regierte, konnte der Himmel ihm sein Mandat entziehen.

Volksreligion
In China schließt Volksreligion die Anbetung von vielen Göttern und Geistern ein, die verschiedenen Mythen und Legenden entnommen sind. Sie beeinflussen alle Aspekte der Natur und des täglichen Lebens. Zur Erinnerung an sie finden farbenprächtige Feste statt, an denen die gesamte Gemeinde teilnimmt. Wesentliche Elemente der Volksreligion sind die Totenverehrung und der Ahnenkult. Komplizierte Bestattungsrituale sollen dafür sorgen, dass die Seele der Verstorbenen in den Himmel kommt und nicht als Geist weiterlebt.

Kuan Yin, Bodhisattva *des Mitgefühls, ist buddhistischen Ursprungs. Sie zählt zu den beliebtesten Göttinnen Chinas.*

Der Name der barmherzigen Gottheit O-mi-t'o Fu steht auf Steinmarkierungen am Straßenrand, wie der hier abgebildeten. Diese Steine werden zum Gedenken an vorzeitig verstorbene Personen aufgestellt. Passanten sprechen jedes Mal beim Vorbeigehen ein Gebet für die Seele der oder des Verstorbenen.

Im Himmelstempel in Peking brachte der Kaiser dem Himmel Opfer dar.

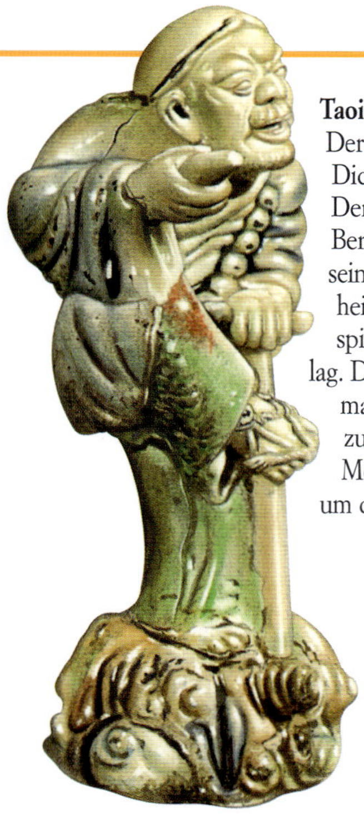

Taoismus

Der Taoismus, eine bedeutende chinesische Religion, wurde im 6. Jh. v. Chr. von dem Dichter und Philosophen Laotse gegründet. Über sein Leben ist nur wenig bekannt. Der Legende zufolge wollte er als alter Mann sein Zuhause verlassen und über die Berge reiten. Die Grenzwache wollte ihn jedoch nicht eher passieren lassen, bevor er seine Lehren niedergeschrieben hatte. Diese Zitate bildeten das *Tao-te-ching*, die heilige Schrift des Taoismus. Laotse lehrte, dass das *Tao* oder „der Weg“ die spirituelle Kraft war, die dem ganzen Universum und allem darüber hinaus zugrunde lag. Das Ziel eines Taoisten liegt in einem harmonischen Leben mit *Tao*, um sich von der materiellen Welt loszusagen, die Seele zu befreien und schließlich zur Unsterblichkeit zu gelangen. Um Harmonie zu erzielen, setzen viele Menschen Meditation, Gesang und körperliche Übungen, z. B. *Tai-Chi*, ein, um die Körperenergien ins Gleichgewicht zu bringen.

Laotse, der Begründer des Taoismus, reist auf dem Rücken eines Ochsen.

Eine Steinskulptur von einem der taoistischen Unsterblichen, genannt Himmlischer Wert. Ursprünglich wurde er von zwei Dienern begleitet.

Li Tieguai, einer der acht Unsterblichen des Taoismus, wird als Bettler mit Eisenkrücke dargestellt. Die Unsterblichen sind Beispiele dafür, wie jeder zur Unsterblichkeit gelangen kann. Über ihre Taten gibt es viele Geschichten.

Yin und Yang

In den chinesischen Religionen werden zwei gegensätzliche, sich aber ergänzende Urkräfte, genannt *Yin* und *Yang*, für die gesamte Schöpfung verantwortlich gemacht. Sie werden durch das Symbol auf dem Bild, links, dargestellt. Dem *Yin* entspricht traditionsgemäß das Wasser, die Dunkelheit, die Kälte, die Trägheit und das Weibliche, dem *Yang* hingegen die Luft, das Licht, die Wärme, das Aktive und das Männliche. Jede Symbolhälfte enthält den Samen oder das Wesentliche ihres Gegenteils.

Ein taoistischer Höllenrichter, der über die Seelen der Toten richtete und die geeignete Strafe für deren Sünden erteilte.

Konfuzianismus

Der Konfuzianismus stellt gemeinsam mit dem Taoismus und dem Buddhismus das wichtigste chinesische Glaubenssystem dar. Konfuzius wollte jedoch keine neue Religion stiften. Er gab seine Arbeit als Regierungsbeamter auf, um die Menschen ein Leben in Harmonie und Frieden zu lehren. Der Weg dahin lag für Konfuzius im respektvollen Umgang und in der Ahnenverehrung. Schließlich hing das persönliche Wohl von dem der anderen ab. Konfuzius lehrte fünf Tugenden, die man befolgen sollte – Freundlichkeit, Weisheit, Aufrichtigkeit, Rechtschaffenheit und Mäßigkeit. Die heiligen Texte des Konfuzianismus werden die *Fünf Klassiker* genannt. Sie enthalten Gedichte, Rituale, die Geschichte und weise Sprüche von Konfuzius und seinen Anhängern. Ihr Einfluss war so groß, dass sie bis zum Beginn des 20. Jhs. zur Ausbildung von chinesischen Staatsbeamten herangezogen wurden.

Konfuzius (um 551–479 v. Chr.) widmete sein Leben der Suche nach dem besten irdischen Lebensweg, den man weise, freundlich und pflichtbewusst gehen sollte.

Eines der Haupttore des Konfuziustempels in Qufu in China.

Mao Tse-tung, der historische Führer der Kommunistischen Partei Chinas.

Religion in der Volksrepublik

Die politischen Veränderungen im China des 20. Jhs. beeinflussten nachhaltig die Glaubenspraxis der Menschen. Die Kommunistische Partei billigte keine Religion, obwohl Mao Tse-tung, einer der wichtigsten Anführer, beinahe wie ein Gott verehrt wurde. Während der Kulturrevolution 1966 wurden viele Tempel und Klöster zerstört und religiöse Lehrer angezeigt. Trotz allem folgten viele Menschen weiterhin ihren religiösen Vorstellungen.

SHINTO

Ursprünge Shinto leitet sich von den über 2000 Jahre alten, einheimischen Traditionen Japans ab.

Glaube Die *Kami*, Gottheiten der Natur, werden verehrt und für Schutz und Segen angebetet. Auch die Ahnenverehrung ist weit verbreitet.

Anhänger ca. 4 Millionen.

Schriften *Kojiki* und *Nihongi*.

Japanische Religionen

Religion ist in Japan eine reiche Mischung aus Tradition und Glauben. Die alte Religion Japans heißt Shinto, was so viel wie „Weg der *Kami*“ bedeutet. Sie begann vor Jahrtausenden im vorgeschichtlichen Japan. Die Anhänger des Shinto glauben an Geister, so genannte *Kami*, die Tiere, Pflanzen und natürliche Orte wie Berge, Flüsse und Bäume bewohnen. Der Shinto kennt keinen Begründer und auch keine höchste Macht. Es gibt weder eine Sammlung von heiligen Schriften noch ein festgelegtes Glaubenssystem. Viele Menschen mischen Glaubensvorstellungen des Shinto mit denen des Buddhismus, der anderen bedeutenden Religion in Japan. Es ist z. B. für Japaner ganz gewöhnlich, eine Shinto-Hochzeit, aber ein buddhistisches Begräbnis zu feiern. Im 18. und 19. Jh. ließ eine Bewegung den klassischen Shinto in Japan wieder aufleben. Der Shinto wurde zum Staatskult erhoben, die Religion diente der Regierung, und der japanische Kaiser wurde als göttliches Wesen verehrt. Dieses System wurde 1945 abgeschafft.

Die Terrakottafigur stellt eine Erdgöttin dar, die vermutlich eine mythologische Ahnin aus Hokkaido war. Solche Figuren wurden für frühe Fruchtbarkeitsriten angefertigt.

Die Steinskulptur eines Fuchses, dem Boten des Reisgottes Inari.

Die *Kami*

Der Legende nach sind *Kami* Geister, die auf die Erde herabkommen, um natürliche Orte wie Berge, Flüsse oder Reisfelder zu bewohnen. Es gibt tausende von *Kami*, die gewöhnlich in himmlische und irdische *Kami* unterteilt sind. Die wichtigsten sind die Schöpfer Izanagi und Izanami, Amaterasu und der Reisgott Inari. Aber jeder Ort oder jedes Ehrfurcht einflößende Wesen, z. B. Tiere, Vögel, Felsen und Bäume, könnte als ein *Kami* bezeichnet werden. Die Geister von außerordentlichen Menschen, z. B. Kaiser, Helden oder große Gelehrte, können auch *Kami* werden.

Der Schöpfungsmythos

Dem Shinto-Mythos zufolge wurde die Welt von Gott Izanagi und seiner Gemahlin Izanami erschaffen. Sie standen auf einer Pontonbrücke im Himmel, bewegten das Wasser unter sich und brachten die Inseln, die Japan bilden, hervor. Izanagi und Izanami hatten viele Kinder, die Götter der Natur wurden. Dann kam es zur Tragödie. Izanami starb bei der Geburt des Feuergottes. Izanagi versuchte vergeblich, seine Frau aus dem Land der Toten zurückzuholen, wo acht Donnergötter, links, ihren Körper bewachten. Dann stürzte er sich ins Meer, um seinen Kummer wegzuspülen.

Einer der acht Donnergötter.

Die Sonnengöttin

An der Spitze der *Kami* steht die Sonnengöttin Amaterasu, die Tochter von Izanagi und Izanami. Bis vor relativ kurzer Zeit wurde sie als Ahnmutter des japanischen Kaiserhauses verehrt. Das höchste Heiligtum Amaterasus befindet sich in Ise. Der Schrein enthält den heiligen Spiegel, in den der Geist der Göttin eindringt, um die an sie gerichteten Gebete anzuhören.

Ein Schwert, ein Edelstein und ein Spiegel sind Symbole der Kami. Der Spiegel hat besondere Macht, da er mit Göttin Amaterasu in Zusammenhang gebracht wird.

Kishijoten, auch Benten genannt, ist die Göttin der Liebe.

Die Karte zeigt die Inseln Japans und den Berg Fuji, einen der heiligsten Berge.

Fujin, der Windgott, trägt einen Sack mit Winden auf seinem Rücken.

Die sieben Götter des Glücks

Die *Shichi Fukujin,* die sieben Götter des Glücks, die den Gläubigen Glück bringen, sind im Shinto-Kult sehr beliebt. Trotz ihres aus Shinto, Buddhismus und Hinduismus gemischten Ursprungs, spielen sie im Shinto eine wichtige Rolle, da sie mit allen Aspekten des menschlichen Lebens, z. B. einem langen Leben, Liebe, Wohlstand und Arbeit in Verbindung gebracht werden.

Buddhismus in Japan

Der Buddhismus wurde im 6. Jh. n. Chr. von koreanischen und chinesischen Mönchen in Japan eingeführt. Es entwickelten sich viele verschiedene Schulen des Buddhismus, die alle zur Gruppe des *Mahajana* (siehe Seite 21) gehörten. Heute sind ungefähr drei Viertel der japanischen Bevölkerung Buddhisten, obwohl sich viele buddhistische und shintoistische Glaubensvorstellungen vermischen. Zu den bekanntesten und populärsten Schulen gehören Zen und der Buddhismus des *Reinen Landes (Pure Land)*. Anhänger des *Pure Land*-Buddhismus verehren den *Bodhisattva* Amida, den Herrscher über ein schönes, friedvolles Land, das so genannte *Reine Land*. Seine Anhänger glauben, dass sie durch seine Anbetung bei ihrem Tod dem *Reinen Land* und *Nirvana* näher kommen werden. Der *Zen*-Buddhismus wurde vom indischen Mönch Bodhidharma gegründet. Sein Name bedeutet „Meditation". *Zen*-Buddhisten wenden verschiedene Meditationstechniken an, um Selbsterkenntnis zu erlangen.

Hotei Osho, einer der sieben Götter des Glücks, ist eine bekannte Erscheinungsform des Bodhisattva *Miroku.*

Bodhidharma, ein indischer Mönch, begründete den Zen-Buddhismus.

Diese Figur zeigt Kongo-Yasha, eine schreckliche Erscheinungsform des Buddha Fuku. Seine Aufgabe ist es, das Böse abzuwehren, daher sein Furcht erregendes Aussehen.

Das Bild oben zeigt ein Shinto-Tor, genannt Torii.

Shinto-Kult

Es gibt in ganz Japan tausende von Schreinen, vor denen die *Kami* angebetet werden. Das Aufsuchen der Schreine ist ein wichtiger Teil des Shinto-Kultes. Ein Baby wird im Alter von nur einem Monat zu einem Schrein getragen. Wenn sich die Gläubigen dem Schrein nähern, müssen sie komplizierten Ritualen folgen. Sie gehen durch ein hölzernes Tor, genannt *Torii*, das die heilige Welt des Schreins von der Außenwelt trennt. Am Eingang befindet sich ein Wassertrog, in dem sie ihre Hände und ihren Mund waschen. Dann begeben sie sich in die Kulthalle, genannt *Haiden*, machen eine Geldspende, verbeugen sich zweimal tief vor dem Schrein, klatschen zweimal in die Hände und verbeugen sich dann noch einmal, um den *Kami* zu begrüßen. Dann bringen sie ihre Gebete vor. Hinter *Haiden* befindet sich der innere Schrein, genannt *Honden*, in dem der Kami lebt. Nur Priester haben zu diesem Zutritt.

Gläubige suchen Shinto-Schreine für besondere Anliegen auf. Am Neujahrstag werden am Eingang der Schreinanlage Papieramulette, genannt Fuda, *mit dem Namen des Schreins oder des Kami verkauft. Die Gläubigen legen diese in einen Altar, einen so genannten* Butsudan, *damit sie ihnen Glück und Schutz im neuen Jahr bringen mögen.*

Gläubige schreiben ihre Gebete oder Wünsche auf ein Gebetbrett, genannt Ema, *das sie an eine Wand im Schrein hängen.*

Ein Schreinopfer in Form eines Papierschmucks baumelt an einem Zweig.

Der Kindertag wird im November am Meiji-Schrein in Tokio gefeiert. Eltern bringen ihre Kinder dorthin, um sie für die Zukunft segnen zu lassen.

Feste und Feiern

An Shinto-Schreinen finden viele Feste und Feiern statt. Vor jedem Schrein gibt es alljährlich ein Fest, zu dem die Menschen in Scharen strömen, um den *Kami* zu verehren und sich zu vergnügen. Zu Festzeiten wird ein tragbarer Schrein, genannt *Mikoshi*, durch die Straßen getragen, so dass die gesamte Gemeinde von dem *Kami* gesegnet und beschützt werden kann. Familienfeiern, wie die rechts abgebildete Hochzeit, finden ebenfalls in den Schreinanlagen statt.

Auf dem alten babylonischen Relief ist Gott Shanash dargestellt, der König Hammurabi einen Gesetzeskodex überreicht.

Ein Teil des ägyptischen Totenbuchs, einer Sammlung aus Zaubersprüchen und Weisungen, die mit ins Grab gegeben wurden. Sie sollte der Seele eines toten Menschen auf ihrer Reise ins Jenseits helfen.

Frühe Schriften
Seit der Erfindung der Schrift zeichneten die Gläubigen die heiligen Texte auf, um ihre Lehren und Rituale festzusetzen. Die *Veden*, die heiligen Schriften des Hinduismus, wurden vor ungefähr 3.500 Jahren verfasst. Sie bestanden aus vier Sammlungen von Gebeten, Hymnen und Zaubersprüchen. Sie wurden jahrhundertelang mündlich überliefert. Später wurden sie in Sanskrit, der altindischen heiligen Sprache niedergeschrieben. Sanskrit bedeutet „geregelt". Dieser Sprache wurden besondere Fähigkeiten zur Verständigung mit den Göttern zugeschrieben.

Heilige Texte

Heilige Texte oder Schriften spielen in vielen Glaubensrichtungen eine wichtige Rolle. Die Gläubigen erfahren durch sie mehr über ihre Religion und den Willen Gottes oder der Gottheiten für die Welt. Einige enthalten Geschichten aus dem Leben der Begründer und der Lehrer der jeweiligen Religion sowie ihre Lehren. Andere, die so genannten Offenbarungen, werden als direkt von Gott übermittelt angesehen. Heilige Texte, egal welchen Ursprungs, werden immer sehr respektvoll und ehrfürchtig behandelt. Sie werden oft als Teil des Gottesdienstes, sowie bei Festen und Feiern gelesen und studiert. Sie helfen den Menschen, ein gottgefälliges Leben zu führen.

Die Kräfte der Veden *wirkten nur dann, wenn die Priester die Texte perfekt rezitierten.*

Ein Buch der Maya, das auf einen langen Streifen Rinde geschrieben und seitenweise gefaltet wurde. Die Texte enthielten Anweisungen für die Priester zur richtigen Ausführung der Rituale.

Ein spezieller Behälter in Form einer Moschee dient der Aufbewahrung des Korans.

Eine kostbare Keter *oder Krone, die in einer Synagoge auf die* Thorarolle *gelegt wird.*

Lehren der Schriften
Viele Schriften enthalten die Grundlehren eines bestimmten Glaubens. Die Abbildung von Mahavira, oben, stammt aus dem *Kalpa Sutra*, einem der heiligsten Texte der Jaina. Er stammt aus dem 1. Jh. v. Chr. und beschreibt das Leben Mahaviras und rituelle Einzelheiten.

Illuminierte Handschriften

Bis zur Erfindung des Buchdrucks musste jedes Buch mit der Hand geschrieben und illustriert werden. Da das sehr zeitaufwändig war, gab es nur wenige Bücher, die auch sehr teuer waren. Künstler entwickelten spezielle Techniken, um religiöse Handschriften zu verzieren. Im Mittelalter hatte jedes christliche Kloster seine eigene Schreibstube, in der die Mönche die heiligen Schriften abschrieben. Diese Handschriften waren schön verzierte Kunstwerke mit Zeichnungen und „illuminierten" Buchstaben in hellen Rot-, Blau- und Grüntönen sowie mit kostbarem Blattgold.

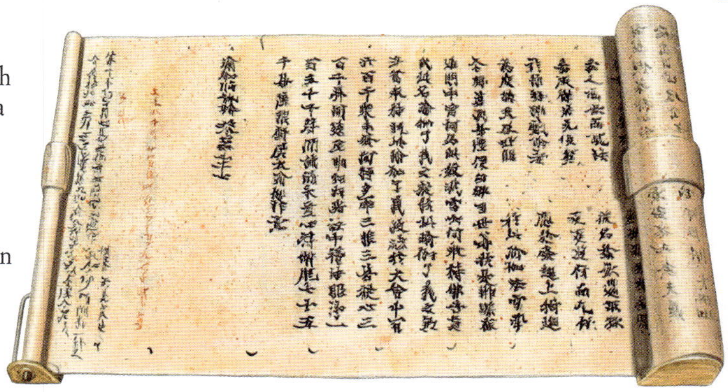

Mithilfe der japanischen Kalligrafie oder „Schönschreibkunst" wird der Sinn dieser Handschrift aus dem Zen-Buddhismus wiedergegeben. Meisterkalligrafen werden aufgrund ihrer Arbeit sehr geschätzt.

Auf dem Einband einer mittelalterlichen Bibel wird die Figur des Jesus von den Symbolen der vier Evangelisten umgeben.

Dieser silberne Fisch enthält eine Festrolle mit dem Buch Esther. Sie wird beim jüdischen Fest Purim gelesen.

Eine schön verzierte Seite aus dem Koran.

Ein auf Ziegen- oder Schafhaut geschriebener Text.

Übersetzung der heiligen Schriften

Mit der Ausbreitung der Religionen wurden auch die heiligen Schriften übersetzt. Der links abgebildete Text aus Äthiopien berichtet vom Leben der christlichen Heiligen. Der *Koran*, rechts, ist das heilige Buch des Islam. Muslime studieren den *Koran* immer in der arabischen Originalsprache, da er in dieser Sprache offenbart wurde. Es wird angenommen, dass bei jeder Übersetzung etwas von seiner Bedeutung und Wirkung verloren geht.

Gutenberg steht mit einem gedruckten Buch vor seiner Druckerpresse.

Gedruckte heilige Schriften

Um 1438 entwickelte der deutsche Handwerker Johannes Gutenberg, links, die erste Druckmaschine aus einer hölzernen Weinpresse. Zum Drucken einer Seite wurde ein Blatt Papier auf eine Ablage eingefärbter Metalltypen gepresst. 1455 stellte Gutenberg die erste gedruckte Bibel der Welt her. Sie bestand aus zwei Bänden mit je 600 Seiten. Die Farben und Abbildungen wurden im Nachhinein mit der Hand hinzugefügt. Gutenberg druckte ungefähr 160 Stück davon.

Buddhistische Mönche, die heilige Schriften übersetzten, wurden sehr verehrt.

Erhaltung heiliger Schriften

Nach der chinesischen Besetzung Tibets 1950 wurden viele Klosterbibliotheken geplündert und unbezahlbare buddhistische Handschriften zerstört. Trotz aller Schwierigkeiten werden die Schriften weiterhin vervielfältigt und gepflegt. Diese Mönche reinigen und prüfen die 108 Bände des *Kandschur,* der tibetischen Übersetzung der buddhistischen Glaubensregeln. Die in Holz gebundenen Bücher bestehen aus langen, rechteckigen Seiten. Die Seitenform ist den langen, schmalen Palmblättern nachempfunden, auf die die Texte ursprünglich geschrieben wurden.

Die Ursprünge des Judentums

Der Judaismus ist die Religion des jüdischen Volkes. Er ist der älteste monotheistische Glaube, d. h. die erste der großen Religionen, in der nur ein Gott verehrt wird. Die jüdische Geschichte beginnt vor ungefähr 4000 Jahren mit dem im Nahen Osten lebenden Nomadenvolk der Hebräer. Ein Mann namens Abraham wird als der erste Jude und Stammvater der Juden angesehen. Den Schriften nach schloss Abraham einen Bund mit Gott. Dieser versprach Abraham, ihn zum Vater vieler Völker zu machen, wenn er ihm gehorchte und der Welt seine Gesetze lehrte. Als Zeichen des Bundes wurde Abraham beschnitten, so wie es bis heute bei allen jüdischen Männern üblich ist.

Abraham folgte Gottes Wort und führte sein Volk aus Mesopotamien heraus.

Die Karte zeigt die israelitischen Gebiete unter Salomos Herrschaft (um 965–928 v. Chr.).

Ursprünge
Zu Beginn des Judentums verehrten die Menschen in Abrahams Heimat Mesopotamien viele verschiedene Götter in Form von Statuen. Dazu gehörte auch die links abgebildete Muttergöttin. Abraham war darüber unglücklich und begann mit der Verehrung eines einzigen Gottes. In der hebräischen Bibel steht geschrieben, wie Abraham Gottes Aufforderung nachkam, seine Heimat zu verlassen und ihm zu folgen.

Eine Terrakottafigur einer mesopotamischen Göttin.

Moses und die zehn Gebote.

Führer der Juden
Abraham war der erste von drei Männern, die als Patriarchen oder Stammväter des Judentums bezeichnet werden. Die anderen beiden waren sein Sohn Isaak und sein Enkel Jakob. Einige Jahrhunderte später gab es einen anderen bedeutenden Führer. Moses führte die Juden aus der Sklaverei in Ägypten auf einer langen Reise in das verheißene Land Israel. Durch Moses offenbarte Gott den Juden die Bücher der *Thora*. Moses stieg auf den Berg Sinai, um die Lehre Gottes zu hören und den Menschen die Zehn Gebote zu verkünden.

Jesaja war ein wichtiger Prophet, ein von Gott berufener Mahner oder Weissager. Seine Lehren weckten im 8. Jh. v. Chr. die Hoffnungen der Menschen.

König David war auch ein großer Poet, der viele Psalmen verfasste.

Die Toranlage in der Königsstadt Hazor wurde unter Salomos Herrschaft errichtet.

Das Buch Genesis erzählt, wie der babylonische Turm, rechts, gebaut wurde, um bis zum Himmel zu gelangen.

Die Zeit der Könige
Nachdem die Juden 40 Jahre in der Wüste umhergewandert waren, erreichten sie das Gelobte Land. Zuerst wurden sie von Richtern angeführt. Als aber der letzte Richter, Samuel, alt wurde, suchten die Juden nach einem König, der das Reich Gottes errichten sollte. Saul war der erste König von Israel. Sein Nachfolger David tötete den Riesen Goliath aus dem Volk der Philister. David vereinigte das Königreich und erhob 993 v. Chr. Jerusalem zur Hauptstadt. Davids Sohn Salomo errichtete einen prächtigen Tempel in der Stadt, der zum wichtigsten Kultort der Juden wurde.

Exil in Babylon
Nach König Salomos Tod wurde das Reich in zwei Teile geteilt – Israel im Norden und Juda im Süden. 587 v. Chr. wurde Juda von den Babyloniern gestürmt, wobei Salomos Tempel zerstört wurde. Viele Juden wurden nach Babylon verbannt.

Eine Rekonstruktion des Tempels, der von Herodes, dem Herrscher des jüdischen Staates von 37 v. Chr. bis 4 v. Chr., wieder aufgebaut wurde.

Die Abbildung zeigt Juden bei ihrer Rückkehr nach Jerusalem.

Rückkehr nach Jerusalem
Die jüdische Gefangenschaft in Babylon endete 539 v. Chr., als das Babylonische Reich von dem Perserkönig Kyros dem Großen besiegt wurde. Die Juden kehrten nach und nach zurück. Die erste große Flüchtlingsgruppe fand die Stadt in Trümmern vor. König Kyros gab ihnen das gesamte Gold und Silber zurück, das die Babylonier aus Salomos Tempel geplündert hatten und befahl ihnen, einen neuen Tempel zu bauen, der 515 v. Chr. fertig gestellt wurde. Eine weitere Flüchtlingswelle der Juden aus Babylon folgte 458 v. Chr.

Viele Invasoren
333 v. Chr. besiegte Alexander der Große das Persische Reich. Er und seine Nachfolger förderten die griechische Kultur, wogegen sich ein Teil der jüdischen Gemeinde heftig auflehnte, da sie eine Bedrohung der jüdischen Identität darstellte. 165 v. Chr. leitete Judas Makkabäus einen Aufstand gegen den griechischen Herrscher Antiochos IV., der jüdische Rituale im Tempel untersagte. Drei Jahre später kam es zur Wiedereinweihung des Tempels – ein Ereignis, an das jedes Jahr beim Chanukka-Fest gedacht wird. Im 1. Jh. n. Chr. kam Israel unter römische Herrschaft. Als Antwort auf einen jüdischen Aufstand zerstörten die Römer 70 n. Chr. den zweiten Tempel.

Ein Altar aus Kalkstein aus der Zeit des zweiten Tempels.

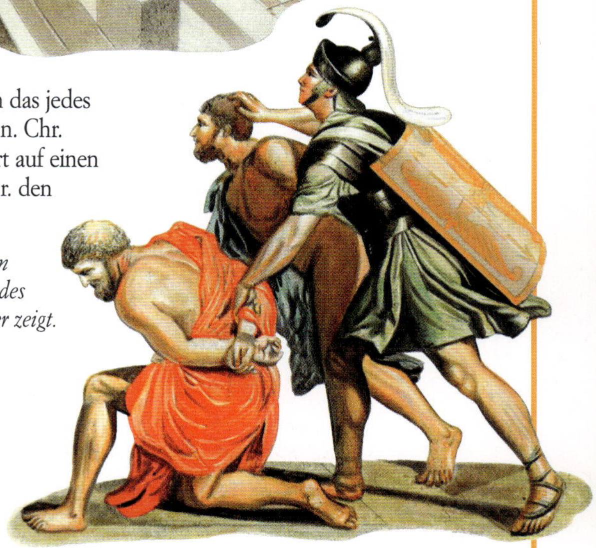

Ein Ausschnitt aus einem Bild, das die Zerstörung des Tempels durch die Römer zeigt.

Die Karte zeigt die Gebiete der Ashkenasim *und der* Sephardim *in Europa.*

Auf diesem Ausschnitt aus einem französischen Messbuch des 13. Jhs. werden die katholische Kirche und die Synagoge personifiziert dargestellt.

Juden im mittelalterlichen Europa
In den der *Diaspora* folgenden Jahrhunderten siedelten sich die Juden in vielen verschiedenen Ländern an, wo sie oft Vorurteilen und Verfolgungen ausgesetzt waren. Ihre Religion und ihre Bräuche erweckten Misstrauen und wurden gegen sie verwendet. In christlichen Ländern waren die Lebensbedingungen für Juden oft am schlechtesten. Viele wurden getötet oder ihr Vermögen wurde beschlagnahmt. Andere wurden gezwungen, sich zum Christentum zu bekehren oder das Land zu verlassen. Im Mittelalter wurden tausende von Juden aus England, Frankreich und Spanien vertrieben.

Die Diaspora
Der Verlust des zweiten Tempels war für die Juden ein schwerer Schlag. Die Römer verboten die jüdische Erziehung und töteten viele Juden, die zu lehren versuchten. Viele Juden flohen aus ihrem Heimatland in alle Teile Europas. Das wurde unter dem Namen *Diaspora*, was so viel wie Zerstreung bedeutet, bekannt. Es entwickelten sich zwei verschiedene jüdische Traditionen: die *Sephardim*, die Juden aus dem Mittelmeerraum (Spanien und Portugal) und die *Aschkenasim*, die deutschen und mitteleuropäischen Juden.

Aschkenasim-Juden aus Istanbul auf einer Abbildung des 19. Jhs.

In der ganzen Welt bildeten sich jüdische Gemeinden. Dieses Mädchen trägt die traditionelle Tracht von Georgien. Dort wurden – obwohl weit von anderen jüdischen Gemeinden entfernt – die Gebete und Gesetze der Sephardim *übernommen.*

Herstellung eines siebenarmigen Leuchters, der so genannten Menora, *die ein wichtiges Symbol des Judentums ist.*

JUDAISMUS

Ursprünge Abraham, der Stammvater, lebte vermutlich um 1900 v. Chr. in Palästina.

Glaube Juden glauben an einen allmächtigen und liebenden Gott, der einen Bund mit ihnen schloss.

Hauptrichtungen Liberales, konservatives, orthodoxes, weltliches Judentum und Rekonstruktionisten.

Anhänger ca. 14 Millionen.

Schriften Hebräische Bibel (*Thora, Nevi'im* und *Ketuvim*), *Talmud, Midrasch, Mischna, Halacha, Haggada, Kabbala.*

Das jüdische Leben

Es gibt heute weltweit ungefähr 14 Millionen Juden, die hauptsächlich in Israel, Europa und in den USA leben. Jude ist nach jüdischem Gesetz jeder, der von einer jüdischen Mutter abstammt. Dabei spielt es keine Rolle, ob die jüdische Religion praktiziert wird oder nicht. Man kann Jude sein, ohne den Glaubenspraktiken und -vorstellungen zu folgen. Juden bekennen sich grundsätzlich zu einem Gott, der die Welt erschuf, der ewig und unsichtbar ist. Sie glauben an eine besondere Beziehung zu Gott, die auf die Zeit Abrahams zurückgeht. Sie müssen Gott lieben und alle Menschen respektieren. Eine andere wichtige Lehre besteht darin, dass Gott eines Tages einen Führer, einen so genannten *Messias*, senden wird, der der ganzen Welt Frieden und Eintracht bringen wird.

Nach dem Wort leben

Das heilige Buch der Juden ist die hebräische Bibel, genannt *Tenach*. Sie ist in drei Teile gegliedert: *Thora* (Lehre), *Nevi'im* (Propheten) und *Ketuvim* (Schriften). Die *Thora* ist für die Juden der wichtigste Teil ihrer Schriften. Es handelt sich um die Lehren, die Moses auf dem Berg Sinai von Gott gegeben wurden. Für die Juden stellt die *Thora* einen Wegweiser in ihrem täglichen Leben dar. Kopien der *Thora*, die mit der Hand auf Schriftrollen geschrieben sind, werden in der Synagoge aufbewahrt.

Dieses Emblem ist der Davidstern, ein wichtiges jüdisches Symbol. Es stammt aus dem Mittelalter und kommt heute auf der Nationalflagge des Staates Israel vor.

Die Thorarolle *ist so heilig, dass sie nicht mit der Hand berührt werden darf. Man verwendet stattdessen einen Zeigestock, der* Yad *genannt wird.*

Die Synagoge

Der Ort, an dem der jüdische Gottesdienst stattfindet, heißt Synagoge. Das Wort Synagoge bedeutet Versammlungsort. Synagogen sind nicht nur die Zentren des religiösen Lebens, sondern auch des Studiums, der Festlichkeiten und der Gemeinschaft. Der Gottesdienst besteht aus der *Thoralesung* und Gebeten. Er wird oft von einem Lehrer, einem so genannten Rabbiner, geleitet. Der wichtigste Teil der Synagoge ist der *Thoraschrein*, rechts, in dem die heiligen *Thorarollen* aufbewahrt werden.

Fromme Juden halten sich an die in der Thora *vorgegebenen Speisegesetze, die sowohl die Mahlzeiten, deren Zubereitung und die Reinigung des Zubehörs umfassen. Das Siegel zeigt an, dass ein Gegenstand* koscher *ist, d. h. einwandfrei oder rein zum Gebrauch.*

Lebensabschnitte

Wichtige Ereignisse im Leben eines Juden werden durch besondere Zeremonien gekennzeichnet. Jeder Übergangsritus, von der Kindessegnung bis zum Gedenken an die Toten, folgt seinen eigenen Vorschriften, die die Menschen an ihre Pflichten gegenüber Gott erinnern. Ein neugeborener Junge wird zum Zeichen des Bundes zwischen Gott und dem jüdischen Volk beschnitten (dabei wird die Vorhaut des Penis entfernt). Im Alter von 13 Jahren findet für einen Jungen das *Bar-Mizwa-Fest* statt, um seinen Eintritt in das Erwachsenenalter zu kennzeichnen. Er liest in der Synagoge zum ersten Mal aus der *Thora* vor.

Geräte, die zur Beschneidung benutzt werden.

Diese Hochzeitstruhe aus dem 15. Jh. ist mit Szenen einer Frau, die den jüdischen Grundsätzen folgt, geschmückt. Diese regeln alle Aspekte des Lebens, einschließlich der Ehe und der Familiengründung.

Ein jüdischer Junge bei seiner Bar-Mizwa.

Sukkoth, das Laubhüttenfest, findet im Herbst statt. Es erinnert daran, wie die frühen Juden auf ihrer Flucht aus Ägypten Schutzhütten in der Wüste bauten. Palmwedel, Weidenzweige, Myrten und Zitronen, rechts, werden bei dem Fest symbolisch verwendet.

Der Kelch des Propheten Elias wird beim Sedermahl *am ersten Abend des Passahfestes benutzt. Auf dem Tisch befindet sich ein Gedeck für Elias und sein Kelch wird mit Wein gefüllt, der Wein wird aber nicht getrunken.*

Religiöse Feste

Der Sabbat ist der heilige Tag der Juden. Er beginnt am Freitagabend und dauert bis Samstagabend. Er ist ein Ruhe- und Feiertag, an dem nicht gearbeitet werden soll. Zu Hause werden Kerzen angezündet und die ganze Familie versammelt sich am Sabbat zu einem Mahl, bei dem gelesen, gebetet und gesungen wird. Viele Juden besuchen am Sabbat die Synagoge. Die bedeutendsten Feste des jüdischen Jahres erinnern an wichtige Ereignisse in der jüdischen Geschichte. Pessach oder Passah im März oder April wird zur Erinnerung an den Auszug der Juden aus Ägypten gefeiert. Schawuot ist ein Erinnerungsfest an die Übergabe der *Thora*. Der höchste jüdische Feiertag ist *Jom Kippur*, der Versöhnungstag. Er ist durch strenges Fasten und Sündenbekanntnis gekennzeichnet.

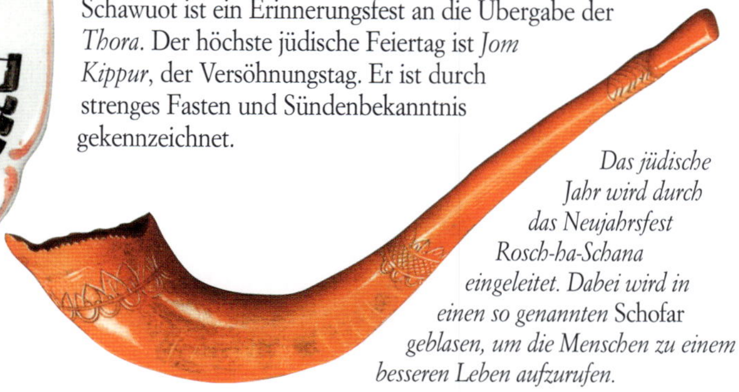

Das jüdische Jahr wird durch das Neujahrsfest Rosch-ha-Schana eingeleitet. Dabei wird in einen so genannten Schofar *geblasen, um die Menschen zu einem besseren Leben aufzurufen.*

Ein Teller für Purim, ein Fest zur Erinnerung an die Geschichte der jüdischen Königin Esther, die die persischen Juden vor der Tyrannei rettete.

Mit diesem Kalender, oben, werden die Tage zwischen den beiden Festen Passah und Schawuot gezählt. Diese 49 Tage, genannt Omer, *sind eine Zeit der Trauer und der geistigen Reinigung.*

Jüdische Sprachen

Viele Juden lernen das Lesen des Althebräischen, der Sprache der *Thora*. Als gesprochene Sprache starb Hebräisch aus, lebte aber später wieder auf und ist heute die Amtssprache in Israel. Eine andere jüdische Sprache ist Jiddisch, eine Mischung aus Althebräisch und Deutsch. Der Titel auf dem Umschlag dieses Kinderbuches, rechts, ist in Jiddisch geschrieben.

Die Gründung Israels

1948 wurde der Staat Israel in der alten jüdischen Heimat Palästina gegründet. Dies geschah in der Absicht, einen Zufluchtsort für vertriebene und verfolgte Juden zu schaffen. Ein Gesetz sichert den Juden aus aller Welt das Recht auf Rückkehr und den Anspruch auf die israelische Staatsbürgerschaft zu. Der Entschluss vieler Juden, in Israel zu leben, führte unweigerlich zu Konflikten mit den dortigen Bewohnern, den Palästinensern (vorwiegend arabische Muslime) und den arabischen Nachbarstaaten.

Richtungen des Judentums

Es gibt viele verschiedene Gruppen von Juden mit unterschiedlichen Glaubenspraktiken. Zu den wichtigsten Gruppen gehören orthodoxe, liberale und konservative Juden. Orthodoxe Juden halten streng an der *Thora* fest und glauben, dass ihr bedingungslos gefolgt werden muss. Die Gebetssprache in der Synagoge ist Hebräisch, Frauen und Männer sitzen getrennt. Viele orthodoxe Männer tragen als Zeichen von Gottes Anwesenheit immer eine *Kippah* (Judenkäppchen). Liberale und konservative Juden glauben, dass die *Thora* und die Religionsausübung dem modernen Leben angepasst werden können. In deren Synagoge sitzen alle zusammen, und die Gebete werden in der jeweiligen Landessprache gesprochen.

Aufstellen der israelischen Flagge.

Ultraorthodoxe Chassidim-Juden. Die Männer tragen schwarze Hüte, Anzüge und weiße Hemden. Sie haben Bärte und Schläfenlocken.

Im Reformjudentum gibt es manchmal weibliche Rabbiner, die lehren und Gottesdienste leiten.

Die alten Griechen stellten Vasen her, die mit mythologischen Szenen geschmückt waren. Im oberen Teil dieser Vase lenkt die geflügelt dargestellte Nike, die Göttin des Sieges, einen Streitwagen.

Ein heiliges Buddhabild. Alte Vorschriften regeln für die Künstler den Gebrauch von Form, Muster und Farbe.

Der Sri Meenakshi-Tempel in Madurai, Indien, ist voll mit farbenprächtigen Bildern von Göttern, Göttinnen und mythologischen Figuren.

Kunst und Religion

Schon seit Anbeginn der Welt drückten die Menschen durch Kunst ihre religiösen Vorstellungen, Hoffnungen und Ängste aus. In vorgeschichtlicher Zeit malten die Menschen Bilder von den Tieren auf Höhlenwände. Das könnte Teil eines religiösen oder magischen Rituals für eine bessere Jagd gewesen sein. Seit damals wurden durch die Religion einige der größten Kunstwerke aller Zeiten angeregt, von religiösen Malereien und Bildern bis hin zu den großen Kathedralen und edlen Tempeln und Moscheen. Durch die Kunst wurden menschliche Gefühle wie Freude, Ehrfurcht und Staunen ausgedrückt, Gott verherrlicht und heilige Orte des Friedens und der Schönheit für die Gottesverehrung geschaffen. Oft werden Kunst und Bildhauerei symbolisch eingesetzt, in diversen Farben und Stilen, denen eine besondere Bedeutung zukommt. Dadurch können den Gläubigen Glaubensinhalte leichter mitgeteilt und schwierige, in Worten schwer verständliche Botschaften veranschaulicht werden. Religiöse Kunst hat neben dem symbolischen auch noch einen praktischen Zweck. Durch sie werden die Ereignisse aus der Geschichte einer bestimmten Religion und aus dem Leben ihrer Begründer oder Führer sachlich festgehalten.

Ein buddhistisches Reliquiar aus Afghanistan. Reliquiare dienten zur Aufbewahrung von Reliquien religiöser Autoritäten oder Heiliger.

Sakrale Kunstwerke

Viele sakrale Kunstwerke werden zur Gottesverehrung herangezogen. Dadurch können sich die Gläubigen leichter auf ihre Religion besinnen und ihre Gedanken für die Meditation sammeln. Gegenstände wie Reliquiare enthalten Reliquien, das sind Körperteile (z. B. Gebeine) oder persönliche Dinge (z. B. Kleider) einer heiligen Person. Diese Objekte werden als heilig angesehen und verehrt. Für einige Menschen symbolisieren sie die Gegenwart der heiligen Person. Sie haben auch die Kraft, Wunder zu bewirken. Viele Gläubige unternehmen Wallfahrten (siehe Seite 44), um in Gegenwart der Reliquien einen besonderen Segen zu erbitten. Reliquiare sind oft aus wertvollen Materialien wie Gold und Edelsteinen hergestellt.

Diese Seite zeigt den Engel Gabriel, der Mohammed die Worte des Korans *zuteil werden lässt. Auf den meisten islamischen Kunstwerken sind jedoch keine Menschen und Tiere dargestellt.*

Heilige Bilder

Götter- und Heiligenbilder spielen in vielen Glaubensrichtungen eine wichtige Rolle. Im Hinduismus stehen sie im innersten Schrein des *Mandir* (Tempel). Aber Hindus beten nicht die Bilder selbst an. Die Bilder verkörpern die Gegenwart und die Macht des Gottes, dem der *Mandir* geweiht ist. In jeder buddhistischen Kultstätte befindet sich ein Buddhabild. In der frühen buddhistischen Kunst wurde Buddha jedoch nie als Person, sondern durch Symbole, z. B. einen Fußabdruck, wie rechts, dargestellt.

Schöne geometrische Muster schmücken die Wand über dem Westtor der Großen Moschee von Cordoba in Spanien.

Heilige Räume

Heilige Räume sind oft mit schönen Kunstwerken geschmückt. In der islamischen Kunst ist die Darstellung von Menschen und Tieren auf Bildern verboten, da nur Allah allein lebendige Dinge erschaffen kann. Islamische Künstler entwickelten stattdessen raffinierte geometrische Muster als Dekorationselemente.

Bilder zu Hause

In vielen Religionen haben Menschen zu Hause einen kleinen Schrein für die tägliche Andacht. Er enthält gemalte oder plastische Darstellungen der Gottheiten. Zu Neujahr werden in China Papierbilder des Küchengottes Tsao Chun gekauft, die über dem Herd angebracht werden. Er berichtet dem Jadekaiser im Himmel über die guten und schlechten Taten der Familie. Kurz vor Neujahr wird sein Mund mit Honig bestrichen, um seine Worte zu versüßen. Danach wird das Bild verbrannt, um Tsao Chun in den Himmel zu entsenden.

Eine Statue des Küchengottes Tsao Chun.

Zerstörung von Bildern

In Zeiten des Konflikts zwischen zwei Religionen oder zwischen einer Religion und dem Staat werden sakrale Bauten und Kunstwerke oft zerstört oder schwer beschädigt. Im 16. Jh. verkündete der christliche Reformator Johannes Calvin, dass Kunstwerke wie Heiligenstatuen oder farbige Glasfenster in vielen Kirchen ein Zeichen von Leichtfertigkeit und weltlichem Reichtum seien. Er glaubte, dass sie die Aufmerksamkeit der Menschen von der Gottesverehrung ablenken würden. In einigen Ländern plünderten Banden Kirchen, zerschlugen Fenster und verbrannten Bilder und Statuen. Heute sind viele protestantische Kirchen eher schlicht, während viele katholische Kirchen reich geschmückt sind.

Eine Statue aus dem 16. Jh. mit der Darstellung der Madonna mit dem Kind, einem beliebten Thema in der Kunst der Renaissance. Viele ähnliche Statuen wurden zerstört.

Kunst für das Jenseits

In vielen alten Kulturen wurden Menschen mit ihren persönlichen Besitztümern und anderen Gegenständen begraben, die ihnen im Jenseits nützlich sein würden. Dadurch sollte die Seele des Verstorbenen bis in die nächste Welt erhalten und mit Speisen, Getränken und andere Notwendigkeiten. versorgt werden. Für die alten Ägypter konnte ein Mensch kein Leben nach dem Tod erlangen, wenn sein Leichnam nicht richtig präpariert wurde. Priester vollzogen daher spezielle Zeremonien, um den Körper vor Verwesung zu schützen, und die Wände der Gräber von Königen und Königinnen wurden reich mit Malereien und Zaubersprüchen dekoriert. Gruppen von Künstlern stellten Särge und Grabmasken, wie die links abgebildete, her.

Das westafrikanische Volk Baoulè glaubt, dass die Menschen bei der Geburt von ihren Ehepartnern des Jenseits getrennt und nach dem Tod wieder mit diesen vereinigt werden. In schwierigen Zeiten werden Figuren hergestellt, die diese geistigen Ehepartner verkörpern. Auf diese Weise können sich die Menschen ihnen näher fühlen.

Die Könige im alten China wurden in Totenkleidern aus Jade, einem edlen Schmuckstein, bestattet. Als Symbol der Unsterblichkeit stellte Jade eine Verbindung zwischen dem Himmel und der Erde dar.

…Hawaii werden die traditionellen …nge als heilige Sprache angesehen. Die …e werden von besonders ausgebildeten Tänzern begleitet, die mit ihren …eschichten erzählen, …lag der Zeremonientrommel

Das Erzählen von Geschichten

Australische Aborigines verwenden seit Jahrhunderten die Kunst, um ihre Mythen und Geschichten zu erzählen und festzuhalten. Einige Beispiele der Kunst der Aborigines reichen über 30.000 Jahre zurück. Traumszenen aus fernen Zeiten, als die Geister der Ahnen im Land umherstreiften und die Landschaft formten, wurden auf Felsen, Böden, Rinden und menschliche Körper gemalt.

Einfluss anderer Kulturen

In einigen Beispielen religiöser Kunst verschmolzen zwei verschiedene Kunstrichtungen zu einem völlig neuartigen Stil. Das geschah im 13. Jh. in Spanien, das sowohl von der westlichen christlichen Kultur als auch der östlichen islamischen Kultur beeinflusst wurde. Die von christlichen Künstlern verwendeten Farben wurden mit islamischen Mustern kombiniert, und es entstanden kostbare Kunstwerke.

Diese Abbildung stammt aus einer biblischen Handschrift, die 1260 in Spanien kopiert wurde. Das zentrale Muster ist islamisch, doch die Farben sind westlich.

Der Beginn des Christentums

Das Christentum ist die Religion der Christen. Sie glauben an die Botschaft eines Lehrers und Heilers namens Jesus Christus, der vor ungefähr 2000 Jahren in Palästina gelebt hat. Sein Leben, sein Tod und seine Auferstehung bilden die Grundlage des christlichen Glaubens. Heute ist der größte Teil Palästinas unter dem Namen Israel bekannt. Zur Zeit Jesu war es ein jüdisches Land, das von den Röme regiert wurde. Jesus, der als Jude geboren und erzogen wurde, gewann viele Anhän unter den Juden. Die religiösen Autoritäten misstrauten jedoch seinen revolutionä Lehren und planten seinen Sturz und Tod. Die Lehr

Maria, Joseph und das in einer Krippe liegende Jesuskind.

Die Geburt Jesu

Der Bibel zufolge sandte Gott den Erzengel Gabriel zu Maria, um ihr zu verkünden, dass sie die Mutter von Jesus sein würde. Jesus wurde in Bethlehem geboren, wohin Maria und ihr Mann Joseph gegangen waren, um an einer Volkszählung teilzunehmen. Die Stadt war überfüllt, und es gab keine Herberge für sie; so kam Jesus in einem einfachen Stall zur Welt. In der Bibel wird erzählt, wie Schäfer und Weise kamen, um das neugeborene Kind zu begrüßen. Jesus wuchs in Nazareth, der Heimatstadt seiner Eltern, auf und erlernte vermutlich wie sein Vater den Beruf des Zimmermanns.

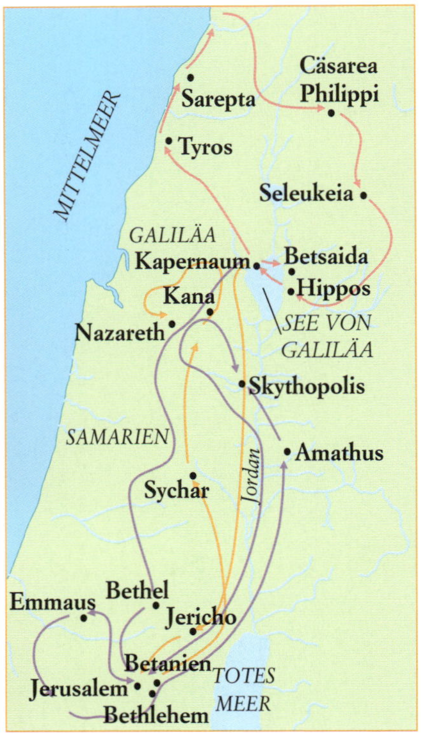

Die Karte zeigt die von Jesus bereisten Gebiete und Orte.

Gleichnisse und Wunder

In seiner Lehre verwendet Jesus oft einfache Erzählungen, so genannte Gleichnisse, um schwierige Botschaften zu vermitteln. Jedes Gleichnis stellte eine geistige Belehrung dar. Das Gleichnis vom Barmherzigen Samariter schildert z. B. die Geschichte eines Reisenden, dem von einem Mann geholfen wurde, der eigentlich als sein Feind galt. Jesus war auch für das Vollbringen von Wundern bekannt. Es handelte sich dabei nicht um Zaubertricks, sondern um Zeichen der Allmacht Gottes.

Jesus heilt einen Blinden.

Jesus und einige seiner Jünger.

Geistliches Amt und Jünger

Als Jesus etwa 30 Jahre alt war, ließ er sich von seinem Cousin Johannes im Jordan taufen. Das war ein Zeichen der Sündenbefreiung und des Neubeginns. In den nächsten drei Jahren lehrte und predigte Jesus im ganzen Land. Er sprach von Gott als liebendem Vater und rief zum Bekennen der Sünden und zur Nächstenliebe auf. Jesus wählte 12 Männer, die so genannten Jünger, als seine engsten Begleiter aus.

Eine Darstellung der Kreuzigung Jesu aus einer äthiopischen Handschrift.

Tod und Auferstehung

In der letzten Woche seines Lebens begab sich Jesus zum Passahfest nach Jerusalem. Er wurde festgenommen und wegen Blasphemie (Gotteslästerung) angeklagt. Der römische Statthalter Pontius Pilatus verurteilte ihn zu Tode und ließ ihn kreuzigen. Danach wurde sein Leichnam vom Kreuz abgenommen und begraben. Drei Tage später fand man sein Grab leer vor – Jesus war von den Toten auferstanden. Der Heiligen Schrift zufolge war er den Aposteln einige Male erschienen, bevor er zu Gott in den Himmel auffuhr.

Ein Engel verkündet den drei Frauen, dass Jesus von den Toten auferstanden ist und zeigt ihnen sein leeres Grab.

Hl. Petrus und hl. Paulus.

Die frühchristliche Kirche

Nach seinem Tod verbreiteten die Anhänger von Jesus den christlichen Glauben auf der ganzen Welt. Es wird überliefert, dass der hl. Petrus, der oberste Apostel, nach Rom reiste, wo er als Märtyrer während der Christenverfolgung starb. Er wurde später zum ersten Bischof von Rom, oder Papst, ernannt. Einer der wichtigsten frühchristlichen Führer war der hl. Paulus. Der ehemals strenggläubige Jude namens Saulus hatte eine Vision von Jesus, die sein Leben veränderte. Erfüllt vom Glauben an Christus begann er zu predigen. Paulus bereiste das Römische Reich, gründete christliche Gemeinschaften und vermittelte den Menschen die Lehren von Jesus. Seine Briefe, die so genannten Episteln, ermutigten und halfen den frühen Christen, die eine Minderheit darstellten und im Römischen Reich verfolgt wurden. 313 n. Chr. bekehrte sich schließlich der römische Kaiser Konstantin zum Christentum und erhob es zur Staatsreligion.

Der römische Kaiser Konstantin.

Der hl. Markus wird üblicherweise durch einen Löwen symbolisch dargestellt, die anderen Evangelisten durch einen Menschen (Matthäus), einen Stier (Lukas) und einen Adler (Johannes).

Die Entstehung der Evangelien

Die Evangelien wurden ungefähr 50 Jahre nach dem Tod Jesu von den vier Evangelisten Matthäus, Markus, Lukas und Johannes geschrieben. Der Zweck der Aufzeichnungen über das Leben Jesu und seine Lehren war es, die Menschen zum Christentum zu bekehren. Die Evangelien (wörtlich „Frohe Botschaft") stehen im Neuen Testament der Bibel, dem heiligen Buch der Christen. Der andere Teil der Bibel ist das Alte Testament, das die frühen jüdischen Schriften enthält. Die Bibel bildet die Grundlage der christlichen Lehre, sie offenbart den Willen Gottes und stellt für die Christen einen Wegweiser durch ihr Leben dar. Viele Christen lesen als Teil ihres täglichen Gebets in der Bibel.

Karl der Große wurde 800 n. Chr. vom Papst zum Kaiser des Heiligen Römischen Reichs gekrönt.

Die große Kirchenspaltung

Im 5. Jh. zerfiel das Römische Reich in zwei Teile. Konstantinopel wurde die Hauptstadt des östlichen oder byzantinischen Reiches, während Rom die Hauptstadt des westlichen Reiches blieb. 1054 entfachte der Streit zwischen den Kirchenführern in Konstantinopel und Rom. Das führte zum so genannten Schisma, der Spaltung der zwei Strömungen der Kirche, die dadurch in eine West- und eine Ostkirche geteilt wurde. Die Westkirche wurde zur römisch-katholischen Kirche, die auf der Autorität des Papstes beruht. Die Ostkirche wurde als orthodoxe Kirche bekannt.

Diese Karte zeigt die Verteilung der wichtigsten Religionen in Europa um 1050 n. Chr.

Das Heilige Römische Reich

Im Mittelalter gewannen die Päpste, d. h. die Bischöfe von Rom, immer größere Bedeutung. 800 n. Chr. krönte Papst Leo III. Karl den Großen zum Kaiser des Heiligen Römischen Reiches. Diese Handlung symbolisierte die besondere Rolle des Papsttums an der Spitze der christlichen Kirche. Karl der Große wurde 742 n. Chr. geboren. Er führte seine Armeen über Frankreichs Grenzen hinaus und eroberte große Teile Europas. Als Christ zwang Karl der Große Nichtgläubige, z. B. die Sachsen, sich zum Christentum zu bekehren und an Massentaufen teilzunehmen. Karl der Große wurde von vielen als der ideale Herrscher angesehen, und das von ihm gegründete Reich hielt sich in der einen oder anderen Form bis 1806.

Die Ostkirche

Der Einfluss der östlichen oder orthodoxen Kirche verbreitete sich in Osteuropa, Griechenland und Russland. Jede Strömung hat ihre eigenen Bräuche und Sprachen, aber die Rituale der Gottesverehrung sind dieselben. Die reich verzierten orthodoxen Kirchen sind oft mit prächtigen Kultbildern, so genannten Ikonen, geschmückt. Diese Bilder von Heiligen, Engeln oder anderen Figuren stehen im Mittelpunkt des Gebets.

Kreuz-Reliquien symbolisieren die Kreuzigung Christi.

Eine Nachbildung der Grabeskirche in Jerusalem, die für die Kathedrale des Kremls 1486 von Zar Ivan III. in Auftrag gegeben wurde.

Die Kreuzzüge

Im 11. Jh. begannen christliche Truppen aus Europa eine Reihe von religiösen und militärischen Feldzügen, die als Kreuzzüge bekannt wurden. Ihr Ziel war es, das Heilige Land zu erobern und Jerusalem von der Herrschaft der muslimischen Türken, die damals Palästina regierten, zu befreien. Das führte zum ersten Kreuzzug im Jahr 1096. Drei Jahre später hatten die Kreuzritter die Muslime besiegt und Israel eingenommen. Keiner der sieben noch folgenden Kreuzzüge war so erfolgreich, und Jerusalem wurde schließlich von den Türken zurückerobert.

Das Bild rechts zeigt drei Heilige der orthodoxen Krche aus einer russischen Ikone des 15. Jhs.

CHRISTENTUM

Ursprünge Jesus Christus, der im 1. Jh. n. Chr. im heutigen Israel lebte, ist die zentrale Gestalt des Christentums.

Glaube Dreiheit der Personen (Vater, Sohn und Heiliger Geist) in einem barmherzigen und gnädigen Gott. Christen folgen den Lehren von Jesus Christus, dem Sohn Gottes.

Hauptrichtungen Römisch-katholische, orthodoxe und protestantische Kirche.

Anhänger ca. 2 Milliarden.

Schriften Bibel (einschließlich Altes und Neues Testament).

Die Welt des Christentums

Es gibt weltweit viele verschiedene christliche Gemeinschaften. Auch wenn sie unterschiedliche Bräuche und Kultformen haben, teilen sie doch grundsätzliche Glaubensvorstellungen. Für die Christen ist Jesus als Christus oder der Gesalbte gekommen, um die Welt von der Sünde zu erlösen, indem er sein Leben geopfert hat. Obwohl er als Mensch auf der Erde gelebt hat, glauben sie, dass er der Sohn Gottes und daher göttlich ist. Die Christen verehren einen grenzenlosen und ewigen Gott, der sich wie ein liebender Vater um die Menschen kümmert, als wären sie seine Kinder. Gott bezieht sich auf drei Personen, die man Dreieinigkeit oder Dreifaltigkeit nennt – Gott der Vater (Schöpfer der Welt), der Sohn (Jesus Christus) und der Heilige Geist (Gottes Gegenwart auf der Erde). Es handelt sich nicht um drei getrennte Wesen, sondern um deren Einheit in einem Gott.

Martin Luther bei der Predigt.

Viele Christen verehren Maria, die Mutter Jesu. Ihr zu Ehren gibt es viele Feiertage.

Verehrung von Heiligen
In der römisch-katholischen und der orthodoxen Kirche werden viele Heilige verehrt. Heilige sind Vorbilder, Lehrer oder Märtyrer des Glaubens, die nach ihrem Tod den Gläubigen in Not durch ihre Fürsprache helfen können.

Die Titelseite eines Buches von König Heinrich VIII. von England, in dem er die katholische Kirche verteidigt.

Die Reformation
Im 16. Jh. protestierte der deutsche Mönch Martin Luther (1483–1546) gegen eine zu mächtige, zu reiche und zu korrupt gewordene katholische Kirche und rief zur Neugestaltung auf. Er griff die Autorität des Papstes an und verurteilte besonders den Ablasshandel, d. h. den Brauch der Kirche, für die Sündenvergebung Geld anzunehmen. Luther übersetzte auch die Bibel ins Deutsche. Bis dahin wurde sie nur in lateinischer Sprache gelesen, die gewöhnliche Menschen nicht verstehen konnten. Luthers Ideen gaben den Anstoß zu einer Bewegung, der so genannten Reformation, die zur Gründung der protestanischen Kirche führte.

Christliche Gottesverehrung
Christen beten entweder zu Hause allein zu Gott oder gemeinsam mit anderen in einer Kirche. Der Sonntag ist ein besonderer Tag, der dem Gebet gewidmet ist. Meistens werden Gottesdienste oder Messen von einem Priester oder Pfarrer gehalten, der auch eine Predigt oder Rede vorträgt. Kirchenlieder sowie Gebete und Lesungen aus der Bibel gehören ebenfalls dazu. Die wichtigste heilige Handlung ist für die meisten Christen das Abendmahl oder die Kommunion, bei der die Opfergaben an die Kirchengemeinde ausgeteilt werden. Sie erinnert an das letzte Abendmahl, bei dem Jesus das Brot und den Wein mit seinen Jüngern teilte. Dabei verkündete er, dass das Brot sein Körper und der Wein sein Blut sei.

Das Teilen von Brot und Wein erinnert Christen an den Tod Jesu und seine Auferstehung.

Diese speziellen Formen zur Herstellung von Hostien wurden in den römischen Katakomben gefunden.

Die Sakramente
Das religiöse Leben der Christen wird durch verschiedene heilige Handlungen, so genannte Sakramente, geprägt. Priester oder Geistliche spenden Sakramente als Zeichen der Gnade Gottes bei rituellen Zeremonien. Die Taufe und die Eucharistie sind zwei der wichtigsten Sakramente, die alle Christen anerkennen. Die Taufe, das erste Sakrament, bedeutet den Beginn des christlichen Lebens. Aber nicht alle Christen bekennen sich zu denselben Sakramenten. Das Sakrament der Ehe wird gespendet, wenn ein Paar sich entschließt, zusammenzuleben und eine eigene Famile zu gründen.

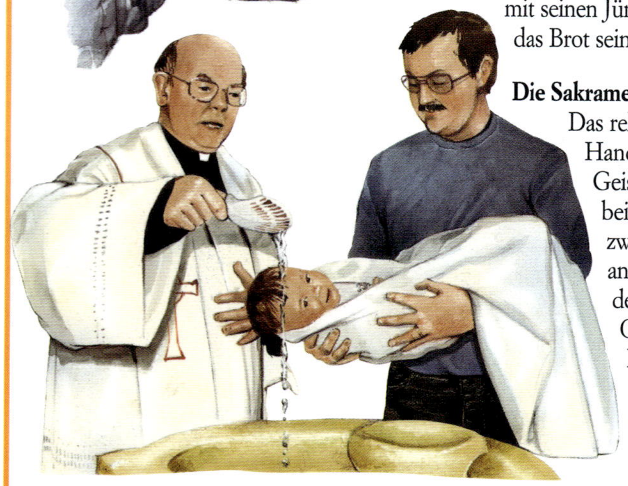

Das Sakrament der Taufe findet oft bald nach der Geburt eines Kindes statt. Der Priester zeichnet mit Wasser das Kreuzzeichen auf die Stirn des Kindes, um es in der Kirchengemeinde aufzunehmen. Einige Christen glauben an die Erwachsenentaufe.

Das Tauschen der Ringe während der Hochzeitsfeier symbolisiert das Gelübde, dass das Ehepaar vor Gott und der christlichen Gemeinschaft ablegt.

Ein Zisterziensermönch.

Religiöses Leben
Einige Christen fühlen sich zu einem religiösen Leben berufen und leben als Mönche oder Nonnen in Klöstern oder Konventen. Sie verschreiben ihr Leben Gott, indem sie drei Gelübde ablegen: Armut, Gehorsam und Ehelosigkeit. Zu den bekanntesten Gemeinschaften oder Orden zählen die Zisterzienser, die Dominikaner, die Franziskaner und die Benediktiner. Einige schirmen sich von der Außenwelt ab, um sich auf das Nachdenken und das Beten zu konzentrieren. Andere übernehmen wichtige Rollen in örtlichen Gemeinden, indem sie lehren oder mit den einheimischen Menschen arbeiten.
Einige Christen studieren mehrere Jahre, um Priester oder Pfarrer zu werden. Dann übernehmen sie eine Pfarrei, in der sie sich um die Bedürfnisse der Kirchengemeinde kümmern.

Die Szene zeigt die Geburt von Jesus. Der Überlieferung nach kamen drei Weise zu Jesus und brachten ihm wertvolle Geschenke in Form von Gold, Weihrauch und Myrrhe. Ihre Ankunft wird mit dem Dreikönigsfest am 6. Januar gefeiert.

Nonnen nehmen eine Novizin in ihre Gemeinschaft auf.

Feiertage
Die wichtigsten Feste des Kirchenjahres erinnern an Begebenheiten aus dem Leben Jesu. Zu Weihnachten wird die Geburt Jesu in Bethlehem vor ungefähr 2000 Jahren gefeiert. Die Vorbereitungen beginnen am vierten Sonntag vor dem ersten Weihnachtsfeiertag, der den Beginn des Advents, was so viel wie „Ankunft" bedeutet, festlegt. Der Christtag wird traditionellerweise am 25. Dezember gefeiert (in der orthodoxen Kirche am 6. Januar). Zu Weihnachten schmücken die Menschen ihre Häuser, tauschen Geschenke aus und schreiben Grußkarten, um diese freudige Zeit zu feiern. Das wichtigste Fest im christlichen Kirchenkalender ist Ostern. Der Karfreitag erinnert die Christen an den Tag, an dem Jesus am Kreuz gestorben ist. Es ist eine Zeit des Gebets und der Besinnung. Der Ostersonntag ist ein Freudentag, da Jesus von den Toten auferstanden ist.

Auf dem Bild eines Mogul-Künstlers aus dem 17. Jh. ist die Feier einer Messe in Indien dargestellt.

Die Verbreitung des Christentums
Von seinen Ursprüngen im Nahen Osten aus verbreitete sich das Christentum in der ganzen Welt. Es handelt sich heute um die größte Glaubensgemeinschaft mit über 2 Milliarden Anhängern in fast allen Ländern der Erde. Die ersten Missionare waren die Jünger Jesu und andere Führer wie der hl. Paulus. Beginnend mit dem 14. Jh. erhoben europäische Eroberer der großen Imperien Spanien, Portugal und Großbritannien in Gottes Namen Anspruch auf die von ihnen entdeckten Länder und machten sich daran, die einheimische Bevölkerung – oft mit Gewalt – zum Christentum zu bekehren. Die Missionsarbeit hält bis heute in Afrika, Indien und Südostasien an.

Die Woche vor Ostern heißt Karwoche. Sie beginnt am Palmsonntag, an dem Jesus in Jerusalem einzog. Am Gründonnerstag nahm er mit seinen Jüngern das letzte Abendmahl ein. Als Zeichen der Demut wusch Jesus seinen Jüngern die Füße, wie hier abgebildet.

Die frühen Christen wählten ein Lamm als Symbol für das Opfer von Jesus. Es wird daher mit einem Kreuz dargestellt.

Mutter Teresa gründete 1950 in Kalkutta den Orden der „Missionarinnen der Liebe", der sich dem Dienst an Armen und Kranken widmet. Der Orden führt seine Tätigkeit auch nach dem Tod Mutter Teresas im Jahr 1997 weiterhin aus, indem er Bedürftigen Hilfe leistet.

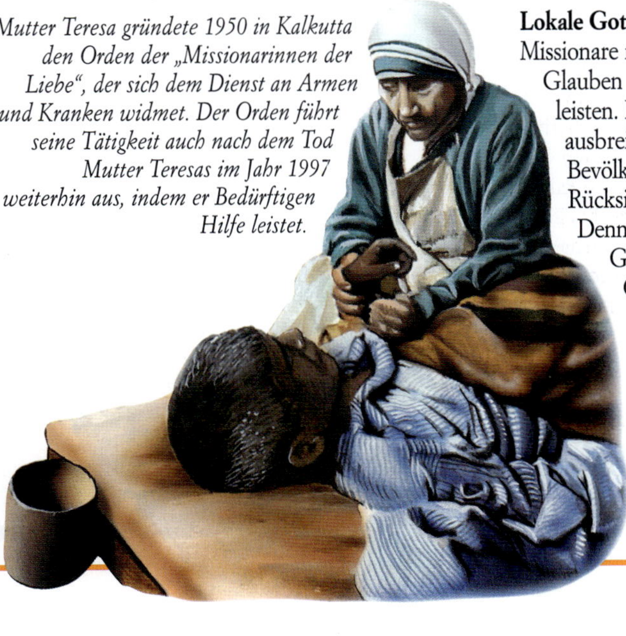

Lokale Gottesverehrung
Missionare reisten in Gruppen nach Asien und Afrika, um ihren Glauben zu verbreiten und armen Menschen Beistand zu leisten. In einigen Ländern, in denen sich das Christentum ausbreitete, gerieten Missionare mit der einheimischen Bevölkerung in Konflikt, da sie ihre Ansichten ohne Rücksicht auf lokale Kulturen und Traditionen aufzwängten. Dennoch existieren mancherorts lokale Glaubensvorstellungen Seite an Seite mit dem Christentum, und die Menschen entwickelten Kultformen, die beides miteinander verbanden.

Überall auf der Welt hat jede christliche Gemeinschaft, wie diese Gruppe aus Afrika, ihre eigene Form der Gottesverehrung.

Heilige Stätten

In allen Religionen werden bestimmte Orte als heilig angesehen. Millionen von Gläubigen machen alljährlich so genannte Wallfahrten oder Pilgerfahrten zu diesen heiligen Stätten. Die Gründe dafür sind vielfältig. Sie beten entweder für ein besonderes Anliegen, z. B. Gesundheit, oder sie erinnern sich an eine geliebte Person bzw. ein wichtiges Ereignis oder sie bedanken sich für einen erfüllten Wunsch. Einige Wallfahrtsorte sollen auch Heilkräfte besitzen oder die Menschen von Sünde reinwaschen können. Für viele ist die Pilgerfahrt jedoch ein Akt der Gottesverehrung und ein Weg, sich Gott näher zu fühlen.

Für Juden, Christen und Muslime erlebte Moses Gottes Offenbarung auf dem Berg Sinai. Gott befahl Moses die Schuhe auszuziehen, da er sich auf heiligem Boden befand.

Einige Indianervölker kennzeichneten einen heiligen Ort mit einem bemalten Büffelschädel.

Heiliger Boden
Pilgerstätten können Bauten wie Tempel oder Gräber sein oder natürliche Orte wie Flüsse oder Berge. Um sie zu erreichen, ist oft eine lange und mühevolle Reise erforderlich, was allein schon ein besonderes Verdienst darstellt. In vielen Religionen sind Berge heilig. Sie werden als Berührungspunkte zwischen Himmel und Erde angesehen. Der Berg Fuji, links, ist für die Anhänger des Shinto in Japan heilig. Er gilt als das Heim der Götter. Tausende von Pilgern besteigen alljährlich diesen Berg, um die zahlreichen Schreine zu besuchen.

Ein Bild der Göttin Amaterasu, die über dem Berg Fuji erscheint

Auf der Akropolis, dem höchsten Punkt der Stadt Athen, steht der Parthenon. Er war der wichtigste Tempel der griechischen Göttin Athene, der Schutzherrin der Stadt. Die alten Griechen glaubten, dass die Götter auf der Akropolis weilten.

Der alte Steinkreis von Stonehenge wird besonders von den heutigen Druiden verehrt.

Alte Kultstätten
In alter Zeit hatten die Menschen ihre eigenen heiligen Stätten, wo sie ihre religiösen Rituale und Riten ausübten. Einige davon existieren noch heute. Die Steinkreisanlage von Stonehenge aus der Zeit um 3000 v. Chr., rechts, steht in der Mitte der Salisbury Plain in England. Sie könnte als alter Sonnentempel gebaut worden sein oder als riesiger Kalender, mit dem die Position der Sonne und der Sterne vermerkt und die Dauer des Jahres berechnet wurde.

Der Vatikan in Rom, Italien, ist eine bedeutende Pilgerstätte für Katholiken. Wallfahrer aus aller Welt besuchen in der Peterskirche das Grab des Apostels Petrus, des ersten Leiters der christlichen Gemeinde. Heute ist der Vatikan die Residenz des Papstes, des Nachfolgers des hl. Petrus.

Das Heilige Land
Das Gebiet von Israel und Palästina ist Juden, Christen und Muslimen in gleicher Weise heilig. Für die Juden ist es das ihnen von Gott verheißene Land. Moses führte ihre Vorfahren nach der Flucht aus dem Exil in Ägypten in das Gelobte Land. Für Christen ist das Heilige Land der Ort, an dem Jesus geboren wurde, lehrte und starb. Das Bild oben zeigt den Tempelberg in Jerusalem, die heiligste Stätte der Juden. In der Bildmitte steht der Felsendom. Muslime glauben, dass der Prophet Mohammed von hier aus seine Himmelfahrt antrat.

Die Abbildung, unten, zeigt einen Querschnitt durch die Grabeskirche in Jerusalem. Sie steht an der Stelle, wo Jesus vermutlich von den Toten auferstanden ist.

Diese Karte zeigt einige der bedeutendsten Wallfahrtsorte in Europa und Asien.

Heilige Reliquien
Viele Pilgerorte werden mit bestimmten Ereignissen aus dem Leben der Götter oder Führer einer Religion oder ihrer Geschichte in Verbindung gebracht. Einige sind Orte, an denen vermutlich Wunder oder Offenbarungen stattgefunden haben. Andere sind Bauten oder Denkmäler mit den Reliquien (Überresten oder persönlichen Gegenständen) einer heiligen Person. Im Mittelalter wurden den Reliquien der christlichen Heiligen besondere Kräfte zugeschrieben und Pilger strömten in Scharen um sie zu verehren. Die englische Stadt Canterbury wurde zu einer äußerst wichtigen Pilgerstätte, nachdem Thomas Becket 1170 in der Kathedrale ermordet wurde. Thomas wurde später heilig gesprochen.

Das Bild rühmt den Hadsch, *die Wallfahrt nach Mekka, die alle Muslime zumindest einmal in ihrem Leben machen möchten. Mekka ist der Geburtsort des Propheten Mohammed.*

Stupas wurden ursprünglich für die Reliquien Buddhas gebaut. Später symbolisierten sie die Suche nach Erleuchtung und wurden zu bedeutenden Pilgerstätten.

Pilger, die Thomas Beckets Grab besuchen, könnten eine Flasche, wie die links abgebildete, kaufen. Sie soll das verdünnte Blut des Heiligen mit magischen Heilkräften enthalten haben.

Hindu-Pilger baden in den heiligen Gewässern des Ganges.

Heilige Gewässer
Die wichtigsten Pilgerorte der Hindus werden *Tirthas* genannt, was so viel bedeutet wie Plätze überqueren oder Flüsse zu durchwaten. Sie gelten als Schnittpunkte zwischen dieser und der nächsten Welt. Die heiligste von allen ist die Stadt Varanasi an den Ufern des heiligen Flusses Ganges. Ein Bad im Ganges soll angeblich die Sünden wegspülen. Der Fluss ist dort am gewaltigsten, wo er durch Varanasi fließt. Jedes Jahr besuchen tausende von Hindus die Stadt, um im Fluss zu baden oder die Asche ihrer Angehörigen hineinzustreuen. Der größte Wunsch eines Hindus ist es, in dieser Stadt zu sterben und an den Ufern des Flusses eingeäschert zu werden.

Der Ursprung des Islam

Der Islam ist die von den Muslimen ausgeübte Religion. Das Wort Islam bedeutet Unterwerfung oder Ergebung vor Allah (Gott). Muslim ist jeder, „der sich Allah hingibt". Muslime glauben an Allah als den einzigen Gott und folgen der Botschaft des Propheten Mohammed, der den Islam vor ungefähr 1400 Jahren auf dem Gebiet des heutigen Saudi-Arabien gründete. Für die Muslime ist Mohammed der letzte und größte einer Reihe von Propheten, durch die Allah seinen Willen für die Welt offenbarte. Der Islam entwickelte sich in Al-Makka (Mekka), dem Geburtsort Mohammeds, und später in Madina (Medina). Es gibt heute weltweit etwa eine Milliarde Muslime, die hauptsächlich im Nahen Osten, in Afrika und Teilen Asiens leben. Der Islam ist nach dem Christentum die zweitgrößte Religion und die am schnellsten wachsende Glaubensgemeinschaft. Die Gemeinschaft der Muslime auf der ganzen Welt heißt „Umma".

Die frühen Propheten

Muslime glauben, dass Allah seine Botschaft einer Reihe von Propheten offenbarte, beginnend mit dem ersten Menschen, Adam, links mit Eva abgebildet. Zu den Propheten gehören Ibrahim (Abraham), Musa (Moses) und Isa (Jesus), die auch im Judentum und im Christentum eine wichtige Rolle spielen.

Moses, der auf Arabisch Musa genannt wird.

Auf dieser osmanischen Miniaturmalerei des 16. Jhs. wird die Geburt Mohammeds dargestellt.

Das Leben Mohammeds

Der letzte und größte Prophet, Mohammed, wurde 570 n. Chr. in Mekka geboren. Als Waise wuchs er zuerst bei seinem Großvater und später bei seinem Onkel auf. Er arbeitete als Kaufmann und heiratete im Alter von 25 Jahren eine vermögende Witwe. Obwohl er reich und erfolgreich war, ergriff ihn eine zunehmende Unzufriedenheit über die Lebensweise und die Gottesverehrung der Menschen. Er zog sich nach und nach zurück, um in Ruhe nachzudenken. Eines Nachts im Jahr 610 n. Chr. meditierte er auf dem Berg Hira, als der Engel Gabriel vor ihm erschien und ihm Gottes Botschaft zu offenbaren begann. Viele andere Offenbarungen folgten. Mohammed kehrte nach Mekka zurück und lehrte die Menschen den Glauben an Allah.

Auf seiner Nachtreise ritt Mohammed auf dem Rücken eines sagenhaften, geflügelten Tiers, genannt Buraq *oder Blitz, nach Jerusalem.*

Der Engel Jibril (Gabriel) erscheint vor Mohammed und beginnt ihm Gottes Botschaft zu offenbaren.

Die Nachtreise

Eines Nachts soll Mohammed ein wunderbares Ereignis widerfahren sein. Der Engel Gabriel nahm ihn auf eine Reise von Mekka nach Jerusalem mit. Diese wurde als Nachtreise bekannt. Er betete mit früheren Propheten und reiste allein durch die sieben Himmel zum Thron Allahs selbst. Allah verkündete Mohammed, dass Muslime fünfmal täglich beten sollten.

Auf der dekorierten Kachel sind die Stadt Medina und das Gebiet um den Tempel abgebildet.

Die Flucht nach Medina

In Mekka predigte Mohammed den Menschen, dass es einen Gott, Allah, gäbe, den sie anstelle der vielen Götzen verehren sollten. Viele folgten Mohammed, aber einige wohlhabende Bewohner Mekkas fürchteten seine zunehmende Beliebtheit und schmiedeten ein Komplott gegen ihn. So sahen sich Mohammed und seine Anhänger schließlich gezwungen, 622 n. Chr. Mekka zu verlassen. Sie zogen nordwärts nach Yatrib, das später unter dem Namen Medina, die Stadt des Propheten, bekannt wurde. Die Reise nach Medina wird *Hidjra* oder Auswanderung genannt. Sie ist so bedeutend, dass sie den Beginn der islamischen Zeitrechnung festlegt.

Die Verbreitung des Islam in Mohammeds Todesjahr 632 n. Chr.

Frühe Kämpfe

In Medina wuchs der Einfluss der Muslime. Aber es gab viele Kämpfe mit den Bewohnern von Mekka. Die erste wichtige Schlacht fand 624 n. Chr. in Badr statt. Dort triumphierten die zahlenmäßig stark unterlegenen Muslime über die Bewohner von Mekka. 629 n. Chr. eroberten die Muslime Mekka, und Mohammed wurde endgültig als großer Führer anerkannt.

Dieses Bild zeigt Mohammeds Anhänger, die gegen die Bewohner Mekkas in die Schlacht von Badr ziehen.

Mohammeds Tod

Mohammed starb im Alter von 63 Jahren in Medina. Er soll in die Moschee gegangen sein, in der sein bester Freund, Abu Bakr, die Gebete leitete. Abu Bakr bot dem Propheten an, seine Rolle zu übernehmen, aber Mohammed fühlte sich zu krank. Kurz nachdem er nach Hause zurückgekommen war, starb der Prophet. Er wurde in Medina begraben, wo seine Grabstätte zu einem Wallfahrtsort wurde. Die Abbildung rechts zeigt Mohammeds Anhänger, die um seinen Tod trauern.

Das sakrale Bild aus dem Iran zeigt Muslime, die den Koran *und die Sandalen Mohammeds verehren.*

Der *Koran*

Der *Koran*, das heilige Buch der Muslime, enthält angeblich die genauen Worte Allahs, so wie sie dem Propheten Mohammed offenbart wurden. Mohammed konnte weder lesen noch schreiben, weshalb er alle Verse seinen Anhängern vortrug. Diese schrieben sie auf Steine, Rinden und was sie sonst noch finden konnten. Nach Mohammeds Tod wurden sie zusammen in einem Buch gesammelt. Muslime glauben, dass ihnen der *Koran* den rechten Weg zu einem gottgefälligen Leben weist, und sie behandeln ihn mit großer Ehrfurcht. Sie versuchen ihn in der arabischen Originalsprache zu lesen, da er in dieser Sprache offenbart wurde.

Eine schön verzierte Seite aus einer mittelalterlichen Abschrift des Korans.

Die Abbasiden (750–1258 n. Chr.) stürzten die Omaijaden und errichteten ihre Hauptstadt in Bagdad im heutigen Irak. In Ägypten bekämpfte Ibn Tulum die Abbasiden und erbaute die unten abgebildete Moschee.

Ausschnitt eines Palasts, der von den Omaijaden-Herrschern errichtet wurde. Die Dynastie der Omaijaden (661–750 n. Chr.) verbreitete den Islam im Westen bis nach Spanien und im Osten bis nach Indien.

Muslimische Reiche

Nach Mohammeds Tod übernahm eine Reihe von Kalifen die muslimische Herrschaft (das Wort „Kalif“ bedeutet Nachfolger). Der erste der Kalifen war Mohammeds bester Freund Abu Bakr. Unter ihrer Führung zogen die muslimischen Armeen in viele Kriege außerhalb Arabiens, sowohl um den Islam zu verteidigen als auch, um ihn zu verbreiten. Diese heiligen Kriege zur Verteidigung des Islam werden *Djihad* genannt. *Djihad* bezieht sich auch auf die inneren Kämpfe eines Menschen gegen das Böse oder die Versuchung. In nur hundert Jahren breitete sich der Islam über Arabien nach Asien, Europa und Nordafrika aus, wo mächtige muslimische Reiche entstanden.

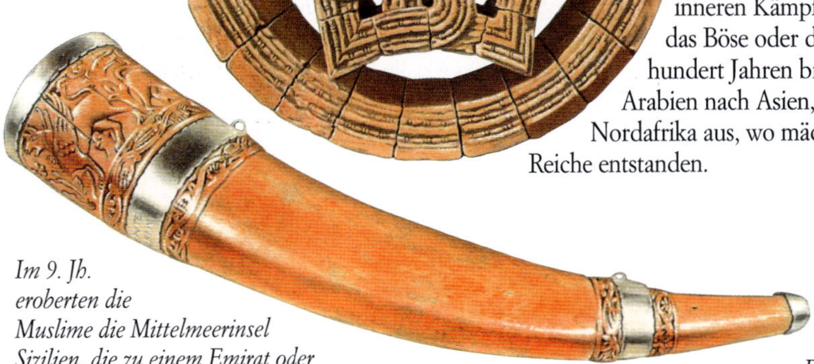

Im 9. Jh. eroberten die Muslime die Mittelmeerinsel Sizilien, die zu einem Emirat oder arabischen Fürstentum wurde. Die muslimische Herrschaft in Sizilien dauerte ungefähr 200 Jahre lang. Sizilien wurde mit seinen Burgen, Moscheen und Palästen zu einem wichtigen kulturellen Zentrum der muslimischen Welt. Das Elfenbeinhorn aus Sizilien entstand vermutlich unter muslimischer Herrschaft.

Eine Seite aus einem Militärhandbuch, das für muslimische Berufssoldaten in Ägypten und Syrien geschrieben wurde.

Muslimische Soldaten im Mittelmeerraum

Im 8. Jh. n. Chr. eroberten muslimische Armeen große Teile Spaniens und Portugals, wo sie bis ins 15. Jh. an der Macht blieben. In Spanien erbauten die Mauren (Muslime) prächtige Moscheen und Paläste, darunter die Alhambra in Granada. In einem anderen Teil des Mittelmeerraums erlebte das mächtige Osmanische Reich im 16. und 17. Jh. seine Blütezeit. 1453 fiel Konstantinopel, die Hauptstadt des christlichen Byzantinischen Reiches an die osmanischen Türken. Die Stadt wurde in Istanbul umbenannt. Bis 1923 wurde die Türkei vom Osmanischen Reich beherrscht.

ISLAM

Ursprünge Begründer des Islam war der Prophet Mohammed, der im 6. und 7. Jh. n. Chr. im heutigen Saudi-Arabien lebte.

Glaube Muslime glauben an einen Gott, Allah, der seine Botschaft Mohammed offenbarte. Diese Offenbarung, bekannt als *Koran*, bildet die Grundlage für das Leben der Muslime.

Hauptrichtungen Sunniten und Schiiten.

Anhänger über 1 Milliarde

Schriften *Koran* und *Hadith.*

Muslimische Traditionen

Muslime in aller Welt haben grundsätzliche gemeinsame Glaubensvorstellungen. Diese werden die „Fünf Säulen des Islam" genannt, da sie den Islam wie die Säulen einer Moschee stützen. Die Fünf Säulen sind Grundpflichten, die Allah durch den Propheten Mohammed verkündet hat und die im täglichen Leben erfüllt werden müssen. Sie lehren Selbstdisziplin und die Anbetung Allahs. Die erste Säule ist *Schahada*, das Glaubensbekenntnis. Es besagt, dass „es keinen Gott außer Allah gibt und dass Mohammed der Gesandte Allahs ist". Muslime glauben an Allah als den Schöpfer der Welt, an seine Allgegenwart, seine Allmacht und seine Allwissenheit. Die zweite Säule ist *Salat*, das Gebet. Muslime müssen fünfmal täglich zwischen Tagesanbruch und Sonnenuntergang beten. Die dritte Säule ist *Zakat*, die Almosengabe. Die vierte Säule ist *Saum*, das Fasten während des Fastenmonats Ramadan. Die fünfte Säule ist der *Hadsch*, die Pilgerfahrt in die heilige Stadt Mekka.

Eine silberne Hand symbolisiert die Fünf Säulen des Islam und die schützende Hand Fatimas, der Tochter Mohammeds.

Muslime glauben, dass jedem Menschen zwei Engel zur Seite stehen, die die guten und schlechten Taten aufzeichnen.

Leben nach dem Tod

Muslime glauben an ein Leben nach dem Tod. Sie sagen, dass sie das ganze Leben hindurch von zwei Engeln begleitet werden, die die guten und bösen Taten aufschreiben. Am Tag des Jüngsten Gerichts wird Allah das Buch öffnen und sein Urteil dementsprechend fällen. Menschen mit vorwiegend guten Taten werden von einem Engel ins Paradies geführt. Die, deren schlechte Taten überwiegen, werden in die Hölle hinabstürzen. Allah allein weiß, wann der Tag des Jüngsten Gerichts kommen wird.

Bedeutende Muslime wurden oft in Grabstätten beigesetzt, in denen sie auf den Tag des Jüngsten Gerichts warten.

Zur Feier der Pilgerfahrt nach Mekka bemalen Muslime ihre Häuser mit Bildern der Kaaba, dem Hauptheiligtum des Islam.

Ein muslimischer Junge beim Gebet. Muslime müssen dabei immer in Richtung Mekka schauen. Sie knien und verbeugen sich, um Allah ihre Unterwerfung zu zeigen.

Pilgerfahrt nach Mekka

Die fünfte Säule des Islam ist der Hadsch, die Pilgerfahrt nach Mekka, die alle Muslime zumindest einmal im Leben machen sollen. Sie findet alljährlich im islamischen Monat Dhul Hijjah statt. Wenn die Pilger nach Mekka kommen, ziehen sie als Zeichen ihrer Gleichheit schlichte, weiße Kleider an. Sie gehen siebenmal um die Kaaba, ihr Hauptheiligtum, herum, dann laufen sie zwischen zwei Hügeln namens Safa und Marwah. Danach begeben sie sich zum Berg Arafat, auf dem Mohammed seine letzte Predigt gehalten hat. In Mina werfen sie Steine auf drei Säulen, die das Böse verkörpern.

Eine Perlenkette, die viele Muslime beim Gebet verwenden. Jede der 99 Perlen steht für einen Namen Allahs.

Feste

Am Ende des *Hadsch* findet das Fest Id ul-Adha statt. Es erinnert daran, wie der Prophet Abraham aus Gottesfurcht bereit war, seinen Sohn zu opfern. Stattdessen wurde ein Schaf geopfert. Id ul-Fitr, das Ende des Fastenmonats Ramadan, wird mit Gebeten, Festen und wohltätigen Geldspenden gefeiert.

Abraham war bereit, seinen Sohn zu opfern, aber Allah sandte stattdessen ein Schaf.

Viele Muslime haben zu Hause einen Almosenbehälter für ihre Zakat-Gaben. Das Geld wird an Arme und Bedürftige verteilt.

Das hoch aufragende Minarett der Großen Moschee in Samarra im heutigen Irak.

Die Moschee

Muslime können Allah überall anbeten, solange sie einen sauberen Platz finden oder einen Gebetsteppich auf den Boden legen. Viele Muslime nehmen an einem Gemeinschaftsgebet in der *Masjid* oder Moschee teil. Vom Minarett, einem hohen Turm der Moschee, ruft der *Muezzin* die Gläubigen zu festgesetzten Tageszeiten zum Gebet. In jeder Moschee gibt es eine große Gebetshalle mit einer Gebetsnische, die in Richtung Mekka zeigt. Von Männern wird erwartet, dass sie am Freitagsgebet in der Moschee teilnehmen. Die Frauen sitzen von den Männern getrennt. Die Moschee ist nicht nur ein Ort der Gottesverehrung, sondern auch der Mittelpunkt des sozialen Lebens mit einer Schule, in der Kinder lernen, den *Koran* zu lesen und zu rezitieren.

Die Gläubigen müssen vor dem Gebet in der Moschee ein Reinigungsritual vollziehen.

Die Schiitenstandarte trägt die Namen Allahs, Mohammeds und Alis.

Auf dieser Abbildung aus dem 16. Jh. sitzt ein Fakir neben einem Sufi-Heiligen, der einem Lautenspieler zuhört.

Richtungen des Islam

Nach Mohammeds Tod entwickelten sich zwei Hauptrichtungen des Islam – die Sunniten und die Schiiten. Heute sind rund 90% aller Muslime Sunniten. Sie erkennen die ersten drei Kalifen als Mohammeds wahre Nachfolger an. Schiiten hingegen sehen im vierten Kalifen, Ali, Mohammeds rechtmäßigen Nachfolger. Für sie muss der Leiter der islamischen Gemeinschaft ein Nachkomme Alis sein. Die meisten Schiiten leben im Iran und Irak. Die Sufis sind eine Gruppe von Muslimen, die auf eine persönlichere Beziehung zu Allah Wert legen. Zu ihrem Kult gehören Tanz und Musik. Der Sufismus stellte für viele eine Loslösung von weltlichen Gütern dar. Viele Sufis legten das Armutsgelübde ab und wurden Fakire oder Bettler.

Ein sunnitischer Gelehrter am osmanischen Hof im 16. Jh.

Eine traditionelle Moschee in China.

Der Islam in der Welt

Bereits im 7. Jh. n. Chr. verbreitete sich der Islam in Marokko. Heute sind alle Länder Nordafrikas muslimisch. Die Verehrung der muslimischen Sufi-Heiligen ist ein wichtiges Element des Islam im heutigen Marokko. Das ganze Jahr hindurch finden viele Feste mit Gesang, Musik und kühnen Reitvorführungen zu Ehren der Heiligen statt. Die Menschen pilgern auch zu den Grabstätten der Heiligen. Im 8. Jh. n. Chr. gelangte der Islam durch muslimische Händler nach China. Wie in anderen Teilen der muslimischen Welt ist die Moschee der Mittelpunkt des religiösen und sozialen Lebens. Muslime nennen die Moschee den „reinen und wahren" Tempel.

Die Gesetze des Islam schreiben dezente Kleidung für muslimische Frauen und Männer vor, doch nicht alle Muslime kleiden sich gleich. Diese Frauen aus Afghanistan tragen sehr konservative Kleider und bedecken ihre Gesichter.

Diese Karte zeigt den geschätzten Bevölkerungsanteil von Muslimen.

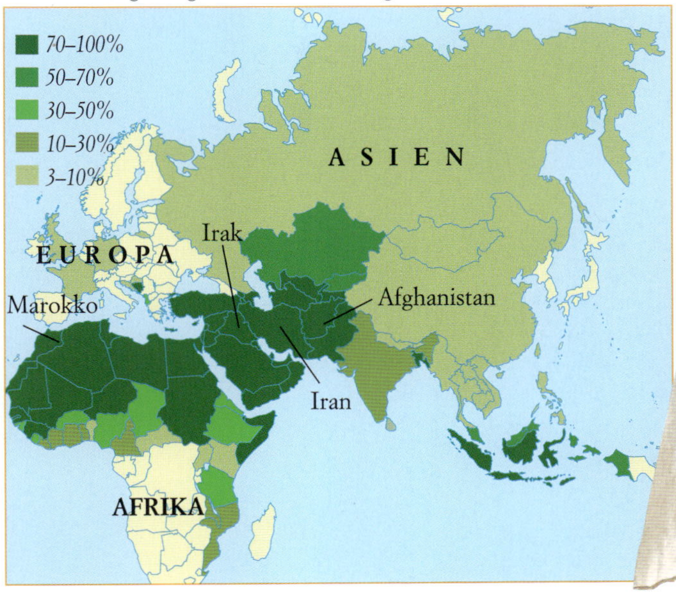

Der Islam heute

Da sich heute die Anhängerschaft des Islam ständig vergrößert, sieht er sich vielen Herausforderungen ausgesetzt. In überwiegend muslimischen Ländern stimmen die religiösen Gesetze des Islam, genannt Scharia, mit denen des Landes fast überein. Im Iran z. B. führte Ayatollah Khomeini eine islamische Revolution und eine Rückkehr zu traditionellen Werten an. Er verbot jegliche Einflüsse aus dem Westen und brachte den Iran in einen Konflikt mit vielen anderen Staaten. In nicht-muslimischen Ländern sind Muslime manchmal hin- und hergerissen zwischen dem Wunsch, sich sowohl an die Scharia als auch an die jeweiligen Landesgesetze und bräuche zu halten. Muslimische Mädchen in Schuluniformen können z. B. mit den Bekleidungsvorschriften des *Koran* in Konflikt geraten.

Ein Trommler führt eine Prozession zu Ehren eines muslimischen Heiligen in Tunesien, Nordafrika, an.

Ein buddhistischer Mönch meditiert im Lotossitz.

Gebet und Meditation
In vielen Religionen ist das Gebet eine sehr wichtige Form der Gottesverehrung. Man betet, um sich mit Gott oder den Göttern zu verständigen und eine innigere Beziehung herzustellen. Das Gebet besteht oft aus Dankesworten, Lobpreisungen oder aus der Bitte um Vergebung und Hilfe. Für Buddhisten ist die Meditation ein wesentliches Element ihrer Glaubensausübung. Sie glauben, durch Gedankentraining und Konzentration der Erleuchtung näher zu kommen.

Eine bei Zeremonien verwendete Gebetsglocke der tibetischen Buddhisten.

Viele Tätigkeiten des jüdischen Alltagslebens beziehen Rituale und Gebete mit ein. Dieser Jude bereitet sich für das Morgengebet vor. Er trägt einen Gebetsmantel, einen so genannten Tallit, *und zwei Gebetsriemen mit schwarzen Lederkapseln, so genannte* Tefillin, *die Pergamentrollen mit Worten aus der Bibel enthalten. Einer davon wird auf dem Kopf angebracht und der andere auf dem Arm, zum Herzen zeigend. Die* Tefillin *sollen den Träger daran erinnern, dass er sich sowohl mit seinem Geist als auch mit seinem Herz Gott widmen soll.*

Kultformen

Alle Religionen – was immer sie auch unterscheidet – haben bestimmte Kultformen gemeinsam. In vielen Religionen besuchen die Gläubigen einen Kultort, z. B. eine Moschee oder eine Kirche, um Gott zu loben und ihre Gebete zu sprechen. Andere wiederum verständigen sich mit Gott oder den Göttern durch Opfer, Tänze und Lobgesänge. Das Gebet kann zum Gottesdienst oder zur gemeinschaftlichen Gottesverehrung gehören, wie das Zuhören bei Gesprächen und Lesungen aus den heiligen Schriften. Aber für viele Menschen ist das Gebet ein persönlicher, privater Akt, der in Ruhe zu Hause stattfindet. In den meisten Religionen werden besondere Zeremonien durchgeführt, um bedeutende Ereignisse aus ihrer Geschichte und dem Leben ihrer Gläubigen zu feiern. Jede dieser Zeremonien folgt festgelegten Riten oder Ritualen, die oft sehr alten Ursprungs sind. Dabei haben die Mitglieder einer Glaubensgruppe die Möglichkeit, in glücklichen oder traurigen Momenten mit anderen zusammenzukommen. Durch Riten und Rituale können Menschen leichter mit schwierigen Lebenssituationen wie dem Tod eines nahe stehenden Menschen fertig werden, und auch glückliche Zeiten gemeinsam verbringen.

Eine ozeanische Maske, die beim Übergangsritual, wenn Knaben in das Erwachsenenalter eintreten, getragen wurde.

Übergangsriten
In den meisten Glaubensrichtungen kennzeichnen spezielle Zeremonien wichtige Momente im Leben eines Menschen, z. B. Geburt, Eintritt ins Erwachsenenalter, Hochzeit und Tod. Diese Übergangsriten stellen eine Art Wegweiser durch das Leben dar und führen die Menschen durch die verschiedenen Lebensabschnitte. Jeder Ritus hat seine eigenen festgelegten Bräuche, von besonderen Gebeten, Festmahlen und Festkleidung bis hin zum Austausch von Geschenken. Der unten abgebildete Gegenstand ist ein Schnupftabaklöffel. In einigen afrikanischen Völkern ist die Einnahme von Schnupftabak ein Zeichen dafür, dass ein Junge das Erwachsenenalter erreicht hat.

Einige Gegenstände, die im Parsismus bei einer Dankeszeremonie verwendet werden.

Ein römisch-katholischer Priester segnet während der Messe den Wein.

Darbringung von Opfern
Die Darbringung von Opfern für Gott oder die Götter gehört zu vielen Zeremonien. Die verwendeten Gaben haben eine besondere Bedeutung. Der wichtigste Teil des christlichen Gottesdienstes besteht aus Segnung und Teilung von Brot und Wein in Erinnerung an Jesus Christus. Das Brot stellt den Körper Christi dar, der Wein sein Blut. Im Parsismus werden bei der Zeremonie des Dankgebets viele verschiedene Opfer dargebracht, oben. Diese Gegenstände symbolisieren die sieben wohltätigen Unsterblichen -- Himmel, Wasser, Erde, Pflanzen, Rinder, Menschen und Feuer – von denen das Wohl der Welt abhängt.

Auf einer chinesischen Malerei des 10. Jhs. huldigt ein Anbeter mit dem Verbrennen von Weihrauch der Göttin Kuan Yin (siehe Seite 28).

Eine Gruppe von Sufi-Tänzern, die als tanzende Derwische bekannt sind.

Dieser konfuzianische Musiker begleitet rituelle Zeremonien in Südkorea.

Die Stammesmitglieder der Kamiura in Brasilien halten die Musik ihrer Flöten für die Stimme der Geister.

Musik und Tanz

Einigen Legenden und Überlieferungen zufolge ist die Musik ein Geschenk der Götter. Die alten Griechen verehrten Apollo, den Gott der Musik, der oft mit einer Leier dargestellt wird (siehe Seite 10). Heute sind Musik und Tanz oft grundsätzliche Bestandteile von Ritualen. In einigen Religionen werden Musik und Tanz eingesetzt, um sich Gott oder den Göttern näher zu fühlen oder mit ihnen zu kommunizieren. Viele Gläubige können durch die Musik ihre Freude oder ihren Kummer ausdrücken. Die Sufis, oben, eine Gruppe von Muslimen, loben ihren Gott mit spektakulären Tänzen, wobei sie sich immer schneller und schneller zu den Klängen von Flöten und Tamburinen drehen.

In der traditionellen Religion auf Hawaii wird die Trommel bei Tempelriten und Ritualen geschlagen und auch, um die Gläubigen in den Tempel zu rufen.

Gott besänftigen

In einigen Religionen werden Zeremonien durchgeführt, um die Zustimmung des Gottes oder der Götter zu gewinnen. Jahrhundertelang galt die Besänftigung der Götter als entscheidend bei der Abwendung von Katastrophen wie Dürre oder schlechter Ernte. Im Mittelalter hielt man die Pest, die Europa überrollte, für Gottes Bestrafung menschlicher Sünden. Gruppen von Männern mit Kapuzen und weißen Gewändern mit einem roten Kreuz, rechts, zeigten ihre Reue, indem sie sich selbst mit Peitschen, in die Eisennägel eingearbeitet waren, schlugen.

Befragen der Götter

Seit tausenden von Jahren zogen die Menschen Omen, Orakel und natürliche Zeichen zurate, um den Willen der Götter zu erkunden. In einigen Kulturen wie im alten Griechenland oder Rom hätte z. B. niemand eine Reise gewagt, ohne vorher Gottes Segen erbeten zu haben. Das Bild oben zeigt eine Gruppe von konfuzianischen Geistlichen bei der Befragung des *I-Ching* (Buch der Wandlungen), einem wichtigen Text des Konfuzianismus. Der Mann rechts wirft sein Bündel aus Stäbchen auf den Fußboden. Das Linienmuster wird dann mit denen des *I-Ching* verglichen, um die Zukunft vorherzusagen.

Stammesreligionen in Amerika

Von der Arktis im Norden bis zum tropischen Regenwald Amazoniens im Süden wird in Amerika eine Vielfalt von traditionellen Glaubensvorstellungen praktiziert. Viele davon beruhen auf der Verehrung von Geistern, die angeblich Tiere, Bäume und natürliche Orte beseelen. Stammesreligionen spiegeln die Beziehung der Menschen zur Natur wider. Die Natur wird als eine Kraft angesehen, die sowohl gefürchtet als auch verehrt werden muss. Sie spielte auch bei den alten Kulturen der Azteken und der Inka, die sich in Mittel- und Südamerika entwickelten, eine wichtige Rolle. Das Wohlwollen der Götter war für eine gute Ernte und die Erhaltung der Weltordnung lebensnotwendig.

Die Geister der Arktis
Die Eskimos können in ihrer rauhen Welt, der Arktis, gewöhnlich überleben, indem sie Tiere, wie Seehunde, Walrosse und Wale jagen. Sie glauben, dass in jedem Tier ein Geist lebt, der verehrt werden muss. Nach der Tötung eines Tieres führt der Jäger eine Zeremonie durch, um sich zu vergewissern, dass sein Geist für eine neuerliche Jagd zurückkehrt. Ein anderer wichtiger Geist der Eskimos ist der Mond-Geist, oben, ein mächtiger Jäger, der die Tiere von seinem himmlischen Heim aus überwacht.

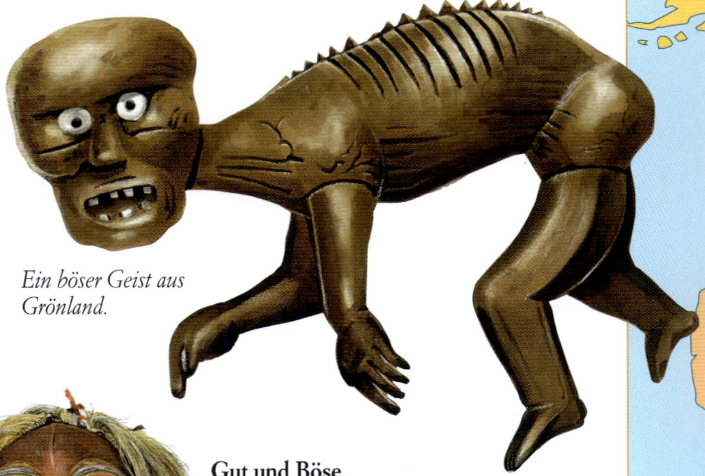

Ein böser Geist aus Grönland.

Schamanismus
Schamanen spielen bei vielen Naturvölkern eine wichtige Rolle als Mittler zwischen der Welt der Geister und der der Menschen. Die Schamanen der Eskimos können in Zeiten der Hungersnot angeblich die Welt der Geister im Meer aufsuchen. Dabei bitten sie die Meeresgöttin Sedna, Seehunde zur Jagd freizugeben.

Ein aus Elfenbein geschnitztes Amulett eines Schamanen der Eskimos.

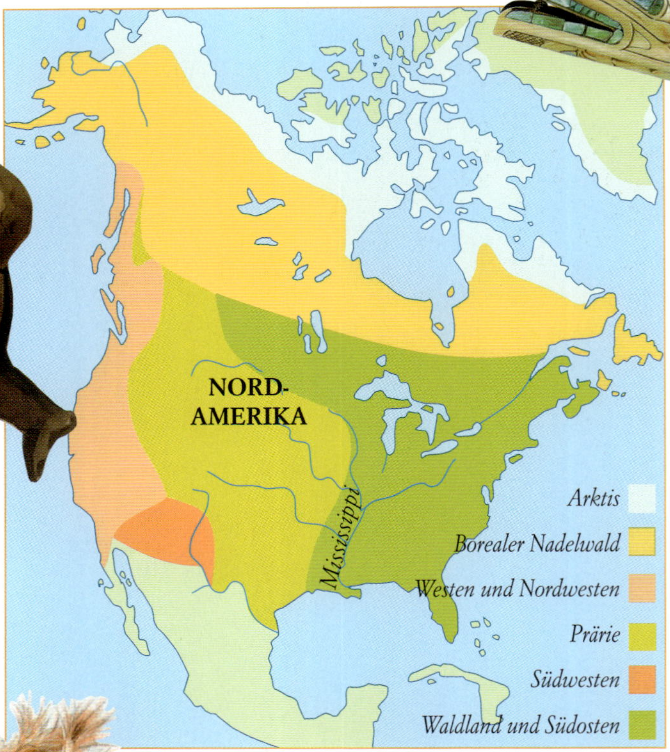

Die Karte zeigt die traditionellen Kulturzonen der amerikanischen Eingeborenen.

Geschnitzte Geister
Wie die Eskimos glauben auch die Indianer in Nordamerika, dass jedes Lebewesen von guten oder bösen Geistern beseelt ist. Viele dieser Geister werden in Form von Tieren auf Masken oder Totempfähle geschnitzt. Masken, wie die unten abgebildete eines Grizzlybären, werden bei Festen und Zeremonien getragen, um die großen Taten der Geister vorzuspielen. Die geschnitzten Bilder auf einem Totempfahl stellen die Ahnen- und Schutzgeister eines Stammes dar.

Gut und Böse
Waldvölker und viele Indianerstämme glauben an den ständigen Kampf zwischen guten und bösen Geistern. Die bösen Geister sind zerstörerisch und beschwören Unheil und Krankheiten herauf. Die Indianer vollziehen spezielle Rituale, um diese Geister fern zu halten und Krankheiten abzuwehren. Bei diesen Ritualen werden Masken, wie die links abgebildete, getragen und den Geistern Opfer gebracht. Das Maskengesicht, das einen Naturgeist darstellen soll, hat große, hervortretende Augen und ein Furcht erregendes Lächeln, um die bösen Geister zu vertreiben.

Eine Puppe der Hopi-Indianer mit der Darstellung des Erdgottes Masau'u, der über die Erde herrscht und über die Toten auf ihrer Reise in die Unterwelt wacht.

Eine Grizzlybärenmaske von der Nordwestküste, die bei rituellen Tänzen getragen wurde.

Die ersten Lebewesen
Die Indianer kennen viele Legenden über den Beginn der Welt. Der Stamm der Hopi im Südwesten glaubt, dass es einst vier Welten gab – diese Welt und drei Höhlenwelten darunter. Die ersten Wesen lebten in der untersten Höhle, doch als diese schmutzig und zu voll wurde, kletterten sie über einen Pflanzenstamm in die darüber liegenden Höhlen bis sie schließlich diese Welt erreichten.

Das Symbol stellt Gott Morgenstern dar. Es ist als Zeichen des Schutzes aus Perlen gearbeitet.

Großer Geist
Viele Indianer glauben an ein höchstes Wesen, den so genannten Großen Geist, der die Welt erschuf. Niedere Götter und Geister treten als Boten zwischen dem Großen Geist und der Erde auf. Einer der wichtigsten Götter ist Morgenstern, dem der Große Geist das Geschenk des Lebens anvertraute, um es auf der Erde zu verbreiten.

Mittel- und Südamerika

Vor der Eroberung durch die christlichen Spanier im 16. Jh. hatten die Menschen in Mittel- und Südamerika ihre eigenen Glaubensvorstellungen, deren Ursprung bis ins 12. Jh. v. Chr. zurückreicht. Viele Hochkulturen entwickelten sich, darunter die der Azteken, der Inka und der Olmeken. Beinahe alle Aspekte des Lebens waren religiös geprägt, und im Mittelpunkt der Städte standen mächtige Tempel, die den vielen Göttern geweiht waren. Die zweiköpfige Fruchtbarkeitsgöttin, links, stammt aus dem alten Mexiko. Das Muster auf dem Behälter aus Mexiko, rechts, zeigt die verschiedenen Welten der Vergangenheit und der Zukunft.

Die Olmeken

Die Olmeken lebten in der Zeit um 1200 bis 500 v. Chr. in Ostmexiko. Im Mittelpunkt ihrer Religion stand die Verehrung des Jaguars. Im Hauptkultort La Venta wurden Masken und Mosaike entdeckt, auf denen Jaguare – oft mit nach unten gezogenen Mundwinkeln und zähnefletschend – zu sehen sind. Der Jaguar wurde mit dem Königtum, der Fruchtbarkeit und der Erde in Verbindung gesetzt.

Eine Tempelpyramide von Chichen Itza, einer Stadt der Maya.

Eine kleine Jadeskulptur, die einen halb als Mensch und halb als Jaguar dargestellten Gott der Olmeken zeigt.

Die Götter der Maya

Den Olmeken folgten die Maya aus Zentralamerika, die eine Vielzahl verschiedener Götter verehrten. Sie glaubten, dass die Götter den Menschen bei ihrer Arbeit halfen und sie mit Nahrung versorgten. Als Gegenleistung wollten die Götter mit Gaben und Menschenopfern verehrt werden. Der höchste Gott der Maya war der Himmelsgott Itzamna, rechts. Er wurde oft als zahnloser alter Mann mit Hakennase oder auch als Riesenschlange dargestellt.

Die Statue aus Tenochtitlan zeigt Coatlicue, die Mutter der Götter.

Die Azteken

Um 1370 n. Chr. gründete das Wandervolk der Azteken im Tal von Mexiko ihre Hauptstadt Tenochtitlan, die zum Mittelpunkt eines mächtigen Reiches wurde. In der Stadtmitte stand ein riesiger Tempel, der den Göttern geweiht war. Die Religion der Azteken beruhte auf der Verehrung der Sonne. Die Azteken vollzogen Menschenopfer und brachten dem Sonnengott das Blut und die Herzen als Opfer dar.

Das massive Sonnentor aus Tiahuanaco, einer Stadt aus der Vorinkazeit. Die zentrale Figur könnte eine frühe Form des Schöpfergottes Viracocha darstellen.

Die Inka

Das Inkareich in Peru erlebte seine Blütezeit in der Mitte des 15. Jhs. Die beiden wichtigsten Gottheiten waren der Schöpfergott Viracocha und der Sonnengott Inti, der für Wärme, Licht und eine gute Ernte sorgte. Die Inka glaubten an ein Leben nach dem Tod. Wie die alten Ägypter mumifizierten sie die Toten und beerdigten sie mit Grabbeigaben, die ihnen in der nächsten Welt nützlich sein sollten.

Die Karte zeigt die Gebiete der Hochkulturen in Mittel- und Südamerika.

Diese kleine Silberfigur der Inka wurde neben dem Körper eines Jungen gefunden, der vermutlich dem Sonnengott geopfert wurde. Sie könnte eine Gottheit darstellen, die den Jungen in die nächste Welt begleiten sollte.

Geister in Amazonien

Das Leben der Menschen in Amazonien ist eng mit der Natur verbunden. Es hängt in allen Beziehungen vom Regenwald ab, der mit größter Ehrfurcht behandelt wird. Seine Tiere und Pflanzen werden als einflussreiche Geister angesehen. Der mächtigste von allen ist der Jaguar, der gefürchtetste Jäger des Dschungels. Der Indianer aus dem Waura-Stamm, rechts, trägt eine Kette aus Jaguarzähnen, die ihm die Kraft des Jaguars verleihen soll.

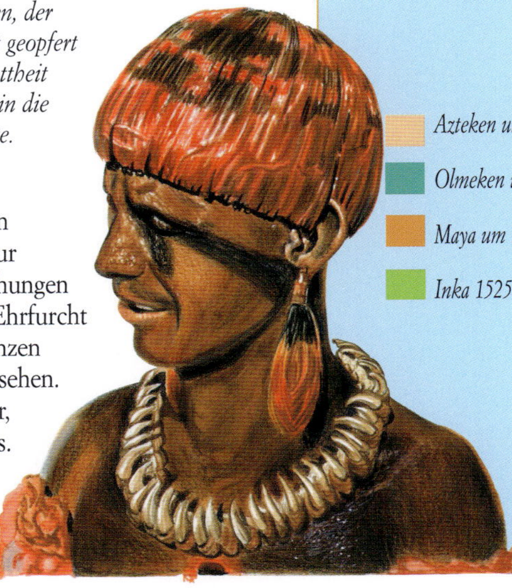

Eine hölzerne Platte stellt die „Arche" dar, in der Nommo und die anderen Götter auf die Erde gekommen sind.

Schöpfungsmythen

Die traditionellen Religionen Afrikas kennen viele Legenden über die Entstehung der Welt. Die meisten handeln von einem Großen Geist, der die Welt erschuf. Für das Dogon-Volk in Mali begann die Schöpfung mit einem Wesen namens Amma, einem Ei, das die Keimzelle des Universums darstellte. Das Ei zersprang und ihm entschlüpfte Nommo, der Vater der Menschheit, der gemeinsam mit mehreren Göttern auf die Erde fiel. Sie erschufen den Himmel und die Erde, den Tag und die Nacht, die Jahreszeiten und die Menschen und brachten alles in eine gewisse Ordnung. Für das Fon-Volk in Nigeria wurde die Welt, die von einer heiligen Schlange zusammengehalten wird, vom Mond und von der Sonne erschaffen.

Eine Schüssel des Fon-Volkes aus Nigeria zeigt einen Mann und eine Frau mit der um die Welt gewickelten heiligen Pythonschlange.

Stammesreligionen in Afrika und Ozeanien

Obwohl die so genannten Weltreligionen, z. B. das Christentum und der Islam, heute in weiten Teilen Afrikas und Ozeaniens praktiziert werden, haben traditionelle Glaubensvorstellungen vieler Naturvölker bis heute überlebt. Wie die Stammesreligionen in Amerika spiegeln sie die enge Beziehung der Menschen zur Natur wider, die ihnen Schutz und Nahrung bietet. Die Geister der Natur würden bei entsprechender Ehrfurcht ihre Anhänger mit guten Ernte- und Jagdergebnissen belohnen. Zu ihrer Verehrung werden komplizierte Rituale und Zeremonien vollzogen. In Gesellschaften ohne Schriftkultur werden die Geschichten der Götter und Göttinnen mündlich überliefert.

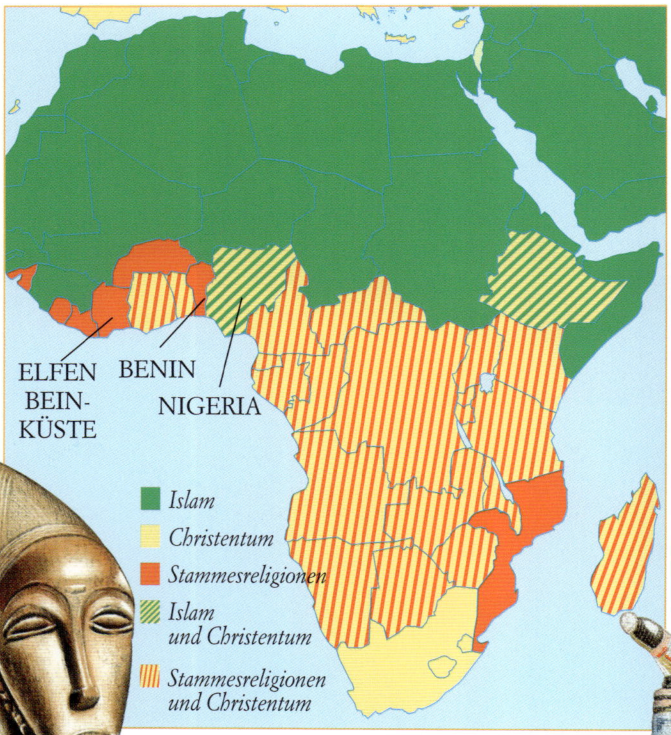

Diese Karte zeigt die mehrheitlich ausgeübte Religion in afrikanischen Ländern.

Ahnenverehrung

Die Ahnenverehrung ist ein wesentliches Element der afrikanischen Stammesreligionen. Die Geister der Ahnen müssen auf entsprechende Weise verehrt werden, um im Jenseits friedlich zu leben. Als Gegenleistung beschützen sie das Leben und das Heim. Die zwei Ahnenfiguren, links, stammen aus Nigeria. In Zeiten der Gefahr, bei Begräbissen und anderen Zeremonien, werden sie durch das Dorf getragen, wodurch sie zum Bindeglied zwischen dem Priester und der Ahnenwelt werden.

Der Talisman eines afrikanischen Heilers wurde vermutlich bei Ritualen eingesetzt, in denen die Mächte der Ahnen heraufbeschworen wurden.

Eine königliche Kalebasse (Flaschenkürbis) wird als Musikinstrument oder zur Aufbewahrung der Knochen der Ahnen bei einem religiösen Ritual verwendet.

Geschnitzte Geister

Die Holzskulptur, links, stammt von der Elfenbeinküste. Sie wurde geschnitzt, um einem Buschgeist namens Asie Usu einen Körper zu geben. Der schelmische Geist Asie Usu verhilft zu fruchtbaren Ernten und Jagderfolgen, wenn er entsprechend verehrt wird. Statuen wie diese werden für den häuslichen Bereich angefertigt, wo die Menschen sie durch das Opfern von Eiern und Hühnerblut ehren.

Kunst und Ritual

Im Königreich der Fon in Westafrika dient die Kunst dazu, mit den Geistern Kontakt aufzunehmen und dem König zu huldigen. Nach einer Weissagungszeremonie, in der dem König ein besonderer Name gegeben wird, schaffen Künstler visuelle Darstellungen dieses Namens. Dabei fertigen spezialisierte Handwerker die Gegenstände an, die in der Weissagungszeremonie genannt wurden. Dazu zählen Metallverzierungen und Holzschnitzereien, aber auch besonders dekorierte Stoffe für Fahnen, Schirme und Baldachine.

Ein Fon-König von Dahomey in Benin trägt eine silberne Nasenbedeckung, die ihm bei der Verständigung mit seinen Ahnen helfen soll.

Ein Rindenbild der Aborigines mit der Darstellung eines Schöpfungmythos.

Die Traumzeit
Die Aborigines in Australien glauben, dass die Welt vor langer Zeit, in der so genannten Traumzeit, erschaffen wurde. Das war die Zeit, in der die Ahnen Australien bereisten und der Landschaft, die dunkel, flach und eintönig war, eine Form und eine Gesellschaft gaben. Dann stiegen einige in den Himmel auf und wurden zu Sternen, während andere sich in noch heute sichtbare Felsen, Bäume, Wasserlöcher, Vögel oder Tiere verwandelten. Für die Aborigines ist das Land heilig, und es muss gut versorgt werden. Zur Erinnerung an die Traumzeit finden spezielle Rituale statt, bei denen Tänzer kurzfristig zu Ahnen werden und deren alte Reisen nachahmen.

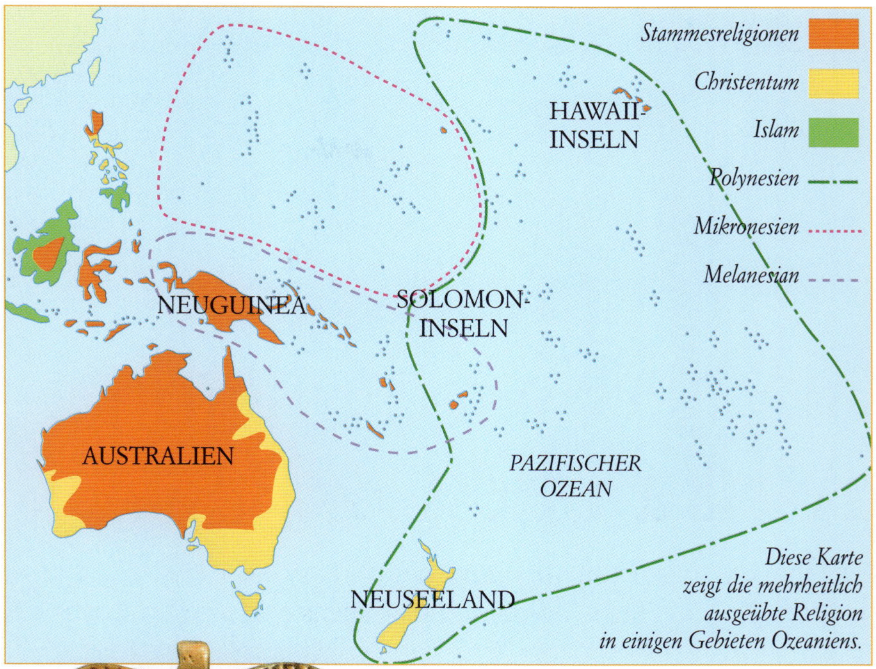

Diese Karte zeigt die mehrheitlich ausgeübte Religion in einigen Gebieten Ozeaniens.

Die hölzernen Ahnenfiguren stellen Djanggawul und seine beiden Schwestern dar. Sie entstiegen dem Meer und lehrten die Menschen, wie man Wasserlöcher gräbt und Getreide anbaut.

Die geschnitzte Holzmaske aus Neuseeland stellt eine mythologische Gestalt dar. Nach einer Überlieferung der Maori stellte Gott Rua die ersten Schnitzereien her.

Ein Hei-Tiki-Anhänger der Maori. Tiki war für sie der Name des ersten Mannes, der Hina, die erste Frau, heiratete. Sie war die Schutzherrin des weiblichen Handwerks und die Wächterin des Todes.

Polynesische Götter
Das Gebiet von Polynesien umfasst die Inseln Neuseeland und Hawaii. Beide haben eine reiche Mythologie und ein altes Glaubenssystem. Zu den wichtigsten Göttern der Maori auf Neuseeland gehören der Himmelsgott Rangi und die Erdgöttin Papa. Ihre Kinder waren die Götter der Wälder, der Felder, des Meeres, der Pflanzen und des Windes. Die Legenden erzählen auch von vielen Helden und niederen Göttern wie dem schalkhaften Maui. Er soll die Inseln von Neuseeland aus dem Meer gefischt haben, weil er sie mit einem Riesenfisch verwechselte.

Die Skulptur aus Hawaii zeigt Kukailimoku oder Ku, den Gott der Erde und des Krieges.

Melanesische Glaubensvorstellungen
Papua-Neuguinea und die Inseln im südwestlichen Pazifik bilden das Gebiet von Melanesien. Die Inseln haben viele religiöse Gemeinsamkeiten, aber auch ihre eigenen, speziellen Geister und Rituale. Das Meer spielt in ihrem Leben eine entscheidende Rolle. Es wurde für sie von den ersten Lebewesen, die vom Himmel kamen, geschaffen. Viele der von ihnen verehrten Götter sind Geister des Meeres oder der Fischerei.

Dieses Ornament von den Salomon-Inseln schmückte den Bug eines Kanus. Es zeigt einen Gott der Fischerei.

Das Geisterhaus
In Papua-Neuguinea werden Häuser, wie das rechts abgebildete, gebaut, um der Vorfahren des Dorfes zu gedenken. Dieses Haus, ein so genanntes Geisterhaus, wurde vom Abelam-Volk errichtet. Bei Initiationsriten und Erntefesten wird das Innere des Hauses mit Holzschnitzereien und Ahnenbildern geschmückt. Das Haus liegt in der Mitte einer Kultstätte, zu der nur Männer Zutritt haben. Während der Initationsriten im Inneren des Hauses werden den Eingeweihten die Ahnenbilder gezeigt. Am Ende des Rituals bemalen die Männer ihre Körper und beginnen vom Haus aus eine Prozession.

Die Ahnen werden durch die auf das Geisterhaus gemalten Gesichter symbolisch dargestellt.

Neue Religionen und religiöse Bewegungen

Im Laufe der Geschichte entwickelten sich immer wieder neureligiöse Bewegungen, da die Menschen weiterhin Antworten auf die schwierigsten und ältesten Lebensfragen suchten. Einige dieser neuen Gruppen entstanden innerhalb der traditionellen Religionen, indem sie alte Glaubensvorstellungen neu interpretierten. Andere Gruppen trennten sich komplett, um eigenständige und unabhängige Religionen zu werden. Die Unzufriedenheit mit existierenden Glaubensgemeinschaften kann zur Gründung völlig neuer Gruppierungen mit neuen Führern, Ritualen und Überzeugungen führen.

Anhänger der Hare-Krishna-Bewegung ziehen singend, tanzend und Trommel schlagend durch die Straßen.

Religiöse Wiederbelebung
Viele neureligiöse Bewegungen basieren auf den vorherrschenden Religionen wie Christentum, Islam und Hinduismus. Eine der bekanntesten vom Hinduismus inspirierten Gruppen ist die „Internationale Gesellschaft für Krishna-Bewusstsein" (ISKON), auch Hare-Krishna-Bewegung genannt. Sie wurde 1966 von einem geistlichen Hindu namens Bhaktivedanta Svami Prabhupada gegründet. Ihre Anhänger huldigen Gott Krishna und singen ein *Mantra* (kurzes Gebet), das auf seinem Namen beruht. Die Bewegung gewann Anhänger in aller Welt. Tausende von ihnen fühlten sich von dieser Lehre angezogen, die eine Loslösung von materiellen Dingen und die Konzentration auf den inneren Frieden zum Inhalt hat.

Die Vereinigungskirche oder „Mun-Kirche", eine neue Religion, die auf christlichen Lehren beruht, wurde von Reverend Sun Myung Mun 1954 gegründet. Ihre umstrittenen Thesen haben viele Kritiker.

Der Engel offenbart dem Gründer Joseph Smith das Buch Mormon.

Religion und lokale Traditionen
Mancherorts vermischen sich die Hauptreligionen mit lokalen Glaubensvorstellungen. Der Wodu – eine Verschmelzung aus römisch-katholischen Glaubensvorstellungen und magischen afrikanischen Riten – ist die wichtigste Volksreligion auf Haiti. Für die Anhänger des Wodu verkörpern Geister, so genannte *Loa*, ihre Ahnen, afrikanische Gottheiten und christliche Heilige. Um sich mit ihnen in Verbindung zu setzen, veranstalten sie Gottesdienste mit Gesängen, Tänzen, Trommelmusik, Gebeten und Tieropfern.

Christliche Bewegungen
Viele neureligiöse Bewegungen entwickelten sich aus dem Christentums. Einige beruhten auf unterschiedlichen Interpretationen der Bibel. Andere wurden von göttlichen Offenbarungen und Visionen angeregt. Die „Heiligen der letzten Tage", die Mormonen, gründen ihre Glaubensvorstellungen auf das Buch Mormon. Es soll 1822 ihrem Gründer, Joseph Smith (1805–1844), offenbart worden sein. Der Hauptsitz der Mormonenkirche befindet sich in Salt Lake City, USA. Mormonen glauben, Jesus sei nach Amerika gekommen und würde wieder kommen, um die Mächte des Bösen zu besiegen. Mormonen führen ein strenges Leben, rauchen nicht und trinken keinen Alkohol, Tee oder Kaffee. Harte Arbeit und gute Erziehung werden hoch geschätzt.

Der amerikanische Fernseh-Prediger Jimmy Swaggart.

Religion im Fernsehen
Obwohl die Zahl der Kirchenbesucher in den letzten Jahrzehnten zurückgegangen ist, erreichen christliche Prediger ein größeres Publikum als je zuvor. Diese so genannten „Fernseh-Prediger" nützen das Fernsehen oder Veranstaltungen im Stil eines Rockkonzerts, um ihre Botschaften an Millionen von Menschen in aller Welt zu vermitteln.

Die Tradition der Rastafari, ihr Haar in Rastalocken zu tragen und sich Bärte wachsen zu lassen, leitet sich von einer Passage in der Bibel ab.

Rückkehr zur Freiheit
Rastafari entstand in den Dreißigerjahren des 20 Jhs. in Jamaika. Ras („Fürst") Tafari, der äthiopische Kaiser Haile Selassie (1892–1975), wurde als neuer schwarzer Messias bejubelt. Rastafari ist eine Mischung aus biblischen Lehren und afrikanischen Glauben. Rastafaris glauben, dass sie eines Tages aus dem Exil jener Länder, in die ihre Vorfahren als Sklaven gebracht wurden, in Freiheit nach Afrika zurückkehren werden.

Im Westen entstanden neue Lehren und Meditationszentren. Die Inschrift auf dem Emblem des buddhistischen Klosters Madaron Shambhasalem in den französischen Alpen lautet „Ich bin in dir, du bist in mir. Wir sind in Einem".

Religion im Westen
Im Westen entwickelten sich neue Strömungen des Islam und des Buddhismus. Diese Bewegungen beruhen zwar auf denselben Grundlehren, regten aber neue Interpretationen und Formen der Gottesverehrung an. Die in den Dreißigerjahren des 20. Jhs. in den USA gegründete „Nation des Islam" ist eine umstrittene Richtung des Islam. Ihre Anhänger, die schwarzen Muslime, streben nach sozialer Gerechtigkeit und Gleichberechtigung für die Schwarzen, basierend auf den Lehren des *Koran* und der *Bibel*.

Die Mitglieder der „Nation des Islam" unterschreiben mit einem X anstelle ihres Familiennamens, der ihren Vorfahren von den Sklavenhaltern gegeben wurde. Malcolm X (Malcolm Little) war der Sprecher dieser Bewegung.

Die religiösen Vorstellungen des griechischen Mathematikers und Philosophen Pythagoras (um 580–500 v. Chr.) und seiner Anhänger basierten auf Zahlen.

Philosophie und Religion

Philosophie und Religion sind eng miteinander verbunden. Beide versuchen Antworten auf die Geheimnisse des Lebens zu finden. Aber sie unterscheiden sich auch sehr voneinander. Die Religion sucht Antworten auf die Frage nach der Existenz Gottes; die Philosophie ist dem Wissen auf der Spur. Die Religionsphilosophie verbindet beides. Sie sucht nach den Gründen des religiösen Glaubens, besonders nach Argumenten für die Existenz Gottes. Die unter dem Namen Theosophie bekannte Religionsphilosophie hatte starken Einfluss auf die modernen Denker. Ihre Wurzeln liegen in der alten griechischen Philosophie (der Ausdruck Theosophie setzt sich aus den griechischen Bezeichnungen für Gott und Weisheit zusammen). Der Amerikaner Ralph Waldo Emerson gab sein geistliches Amt in der Unitarier-Kirche auf, um eine philosophische Richtung, genannt Transzendentalismus, zu lehren. Er riet den Menschen, ihren eigenen Instinkten zu vertrauen und das Göttliche in sich selbst zu finden.

Ralph Waldo Emerson (1803–1882)

Alte Traditionen

Einige neureligiöse Bewegungen beruhen auf alten Glaubensvorstellungen. Die Tradition des Druidismus geht in die Zeit der Kelten zurück (siehe Seiten 12–13). Im vorigen Jahrhundert lebte das Interesse an den alten Druiden in Großbritannien wieder auf, was bis heute zur Entstehung von neuen Druidengruppen führte. Im Mittelpunkt ihres Kultes stehen die Elemente Luft, Feuer, Wasser und Erde und alte heilige Stätten, wie die Steinkreise in Stonehenge und Avebury.

Ein moderner Druide kommt in Stonehenge an, um zur Sommersonnenwende heilige Riten durchzuführen.

Eine Tarotkarte mit der Sonne. Einige Menschen ziehen Tarotkarten für die Zukunftsdeutung zurate. Die Sonne symbolisiert Hoffnung, Licht und Leben.

New-Age-Bewegungen

Der Ausdruck „New Age" wird verwendet, um ein breites Spektrum von lose miteinander verbundenen Gruppen zu beschreiben. Die Bewegungen des New Age reichen von astrologischen und umweltschützenden Gruppierungen bis hin zur alternativen Medizin und zum Okkultismus, gemischt mit einigen Traditionen aus östlichen Religionen. Die Anhänger glauben, dass die Welt in ein neues Zeitalter der Spiritualität, genannt „New Age", eintritt. Sie konzentrieren sich auf die Heilung von Körper, Seele und Geist, um die unsichtbaren Energien der Erde zu lenken und zu einem guten Gesundheitsgefühl und Wohlbefinden zu gelangen.

Verfolgung neuer Religionen

Nicht alle neuen Religionen werden positiv aufgenommen. Einige Gründer neuer Religionen waren intensiven Verfolgungen ausgesetzt. Der schiitische-Muslim Sajjid Ali Mohammed verkündete, ein neuer Prophet zu sein und nannte sich Bab oder „Tor" zu Gott. Der Ketzerei beschuldigt wurde er 1850 hingerichtet, und seine Anhänger wurden festgenommen. Vor seinem Tod kündigte er die Ankunft eines neuen Propheten an. Nach Babs Tod offenbarte sich der Prophet Baha Ullah und gründete die Bahai-Religion im heutigen Iran. Er lehrte, dass sich alle Religionen der Welt vereinigen und nach Frieden in der Welt streben sollten. Baha Ulla, der im heutigen Israel im Exil lebte, verbreitete seine Botschaft durch seine Schriften, die später von seinem Sohn, Abdul-Baha, der den Bahaismus weltweit verbreitete, interpretiert wurden.

Diejenigen, die okkulte Praktiken unter Einbeziehung von Astrologie und Magie durchführen, werden „Hexen" genannt. Viele dieser Praktiken werden von den herkömmlichen Religionen nicht gebilligt.

Die Gedenkstätte des Bab auf dem Berg Karmel in Israel.

Das Zeichen, unten, ist das Symbol der Falun-Gong-Bewegung, die sich nach 1992 in China verbreitete. Mit Meditation und einfachen Übungen versuchen die Anhänger zu einer gesunden und friedlichen Lebensweise zu gelangen. Die Bewegung wurde von der chinesischen Regierung brutal unterdrückt.

Neue Staatsreligionen

Religiöse und politische Entwicklungen beeinflussten sich gegenseitig. Die 1926 in Südvietnam gegründete Dao-Cai-Sekte hatte einen starken Einfluss auf die nationale Politik. In anderen Gebieten, z. B. Nordkorea, wo traditionelle Religionen, wie der Buddhismus oder das Christentum von der Regierung abgelehnt wurden, entwickelte sich eine neue Religion, genannt Juche. Kim Jong Il der „Geliebter Führer" und sein Vater, Kim Il Sung, der „Große Führer", werden als Stammväter und Beschützer des Volkes verehrt. Die Gläubigen haben Bilder ihrer heldenhaften Führer in ihren Häusern und legen Kränze an Kim Il Sungs Gedenkstätte in Pjöngjang nieder, um ihn zu ehren und seinen Tod zu beklagen.

Das Cao-Dai-Symbol in Form eines Auges repräsentiert das höchste Wesen. Caodaisten folgen den Lehren des Buddhismus, des Taoismus, des Konfuzianismus und des Christentums. Sie glauben, dass alle Religionen dieselbe Wahrheit ausdrücken.

Gemeinsame Glaubensvorstellungen
Viele Religionen haben gemeinsame Glaubensvorstellungen, die jedoch sehr unterschiedlich ausgelegt werden können. Z. B. glauben Muslime an Abraham, Moses und Jesus als große Propheten. Auch im Christentum und im Judentum sind Propheten sehr wichtig. Das Bild rechts zeigt Moses mit dem Propheten Mohammed. Links sind die drei großen Religionsgelehrten Laotse, Buddha und Konfuzius dargestellt. In China existierten die von ihnen begründeten Religionen jahrhundertelang nebeneinander.

Der Handschutz eines Schwertes aus dem 19. Jh. mit der Darstellung von Laotse, Buddha und Konfuzius.

Das Bild links zeigt Moses mit dem Propheten Mohammed.

Toleranz und Intoleranz

Viele Religionen haben gewisse Vorstellungen und Glaubenspraktiken gemeinsam. Die meisten bieten ihren Anhängern einen Moralkodex an und versuchen, schwierige Lebensfragen zu beantworten, z. B. um zu erklären, wie die Welt entstanden ist und was nach dem Tod geschieht. Im Laufe der Geschichte sind es jedoch immer die Unterschiede zwischen den einzelnen Religionen, die von sich reden gemacht haben. Wenn religiöse Konflikte in Ländern auftreten, die bereits mit politischen oder wirtschaftlichen Problemen zu kämpfen haben, können sie schnell zur Verfolgung religiöser Minderheiten und sogar zu Krieg führen. Die Religion steht vor der Herausforderung, traditionelle Glaubensvorstellungen mit den Anforderungen der modernen Welt in Einklang zu bringen. Viele Menschen erhoffen sich zukünftig mehr Toleranz und Verständnis zwischen den einzelnen Glaubensrichtungen und sehen darin die einzige Möglichkeit, wie die Religion der Zukunft entgegentreten kann.

Im Mittelalter verbrannte man Bücher, die ketzerische Ideen zum Ausdruck brachten.

Ein christlicher Kreuzritter mit dem typischen Emblem des Kreuzes.

Kämpfe um das Heilige Land
Immer wieder spornten religiöse Führer und Herrscher die Menschen an, zur Verteidigung ihres Glaubens in den Krieg zu ziehen. Zwischen dem 11. und dem 13. Jh. machten christliche Armeen aus Europa eine Reihe von kriegerischen Pilgerfahrten, so genannte Kreuzzüge, in das Heilige Land. Sie wurden von Papst Urban II. zu den Waffen gerufen. Ihr Ziel war die Rückeroberung Jerusalems von den muslimischen Türken, die ihren Glauben verteidigen und Gottes Willen ausführen wollten (siehe Seite 45). Die Muslime, deren Pflicht es ist, den Islam zu verteidigen und zu verbreiten, führten viele heilige Kriege, so genannte *Djihads*. Die Kreuzzüge inspirierten viele Geschichten über Tapferkeit und Ehre im Namen der Religion. Sie hatten aber auch eine weniger edle Seite, die von Grausamkeit und Gewalt geprägt war.

Die Spanier verbrennen ein Mitglied der Azteken.

Kaiser Nero war für seine Grausamkeit gegenüber den frühen Christen im alten Rom bekannt.

Religiöse Verfolgung
Im Laufe der Geschichte waren Ketzer, d. h. Menschen, die von der offiziellen Religion oder Kirchenlehre abwichen, oft Verfolgungen ausgesetzt. Im Mittelalter lebten Gruppen von Juden in Europa, hauptsächlich in christlichen Ländern. Sie wurden aufgrund ihres Glaubens verfolgt und aus ihren Häusern vertrieben. Die Spanier bezwangen im frühen 16. Jh. die Azteken in Mexiko und erhoben im Namen Gottes und des Königs Anspruch auf deren Länder. Tausende von Azteken wurden getötet.

Glaubensfreiheit
In vielen Teilen der Welt ist religiösen Gruppen die freie Ausübung ihres Glaubens verwehrt. Viele wurden von der Regierung oder anderen Religionsgemeinschaften unterdrückt. Auf der Suche nach religiöser Freiheit emigrierten viele in andere Teile der Welt. Der Zerfall der Sowjetunion und die Bildung neuer unabhängiger Staaten verhalf vielen Gläubigen zu religiöser Freiheit.

Im 18. Jh. wanderte eine christliche Reformgruppe, die Amische, auf der Suche nach religiöser Freiheit nach Nordamerika aus. Das Manuskript eines biblischen Psalmes, links, wurde von den ersten Immigranten angefertigt.

Diese Muslime aus Usbekistan, einem Teil der ehemaligen Sowjetunion, beten in einer örtlichen Moschee.

Opfer eines Regimes

Die Judenverfolgung erreichte im Zweiten Weltkrieg (1939–1945) ihren traurigen Höhepunkt. Sechs Millionen Juden wurden von den deutschen Nationalsozialisten systematisch ermordet. Das wurde unter dem Namen Holocaust bekannt. Viele wurden in Konzentrationslagern vergast, viele verhungerten oder starben an Krankheiten. Die russische Revolution 1917 erweckte die Hoffnungen der russischen Juden, als gleichberechtigte Bürger behandelt zu werden. Aber sie mussten weiterhin leiden. Joseph Stalin, links, kam 1924 an die Macht. Tausende von Juden wurden unter seiner Gewaltherrschaft eingesperrt, verschleppt und getötet. Als die Deutschen 1941 einmarschierten, hatte die Vernichtung der Juden bereits begonnen.

Die Tore von Auschwitz, einem berüchtigten Konzentrationslager der Nationalsozialisten.

Joseph Stalin (1879–1953).

Ein Häuptling der Pueblo-Indianer aus Neu Mexiko, USA.

Gemeinsam leben

Im 20. Jh. zogen viele Menschen auf der Suche nach einem besseren Leben aus den Entwicklungsländern in die reichen Industriestaaten. Sie brachten ihren Glauben und ihre Bräuche mit sich, was vielerorts zur kulturellen Bereicherung ihrer neuen Heimat beitrug. Anderswo stellte die Emigration eine Bedrohung für die Kultur der Eingeborenen dar. Viele Gemeinschaften kämpfen nun um deren Erhalt. So wurden z. B. kürzlich in Neu Mexiko die Überreste tausender indianischer Vorfahren, die vor 80 Jahren aus ihren Gräbern entfernt wurden, ihren Familien zurückgegeben und ihren heiligen Riten folgend nochmals begraben.

Unterschiede bewältigen

Nach jahrelangen erbitterten Kämpfen zwischen Muslimen und Hindus kam es zur Teilung Indiens. 1947 wurden Pakistan und Ostpakistan (heute Bangladesch) gegründet. Millionen von Menschen flüchteten ihrer jeweiligen Religion entsprechend aus oder nach Indien. Heute ist Pakistan ein islamischer Staat, während die Mehrheit der indischen Bevölkerung dem Hinduismus angehört. Doch die Gewalt hält an, und die Führer Indiens müssen sich mit vielen Gewaltakten zwischen Muslimen und Hindus befassen.

1992 zerstörten hinduistische Extremisten eine Moschee in Uttar Pradesh unter dem Vorwand, auf einer heiligen Stätte der Hindus zu stehen.

Der ehemalige Präsident der USA, Bill Clinton, Mitte, brachte den Palästinenserführer Jasir Arafat und den israelischen Premierminister Itzhak Rabin zusammen.

Suche nach Frieden

Seit der Gründung des Staates Israel 1948 im ehemaligen Palästina gibt es einen ständigen Konflikt zwischen der jüdischen Bevölkerung Israels und den arabischen Palästinensern, die hauptsächlich Muslime und Christen sind. Bürgerkriege und politische Umwälzungen machten das Gebiet sehr instabil. Sowohl die Vereinten Nationen als auch die USA versuchen, Verständigung herbeizuführen, doch der Erfolg hält sich in Grenzen. 1993 trafen politische Führer zu Friedensgesprächen zusammen, um die palästinensische Selbstbestimmung zu erörtern. Trotzdem nahm die Gewalt auf beiden Seiten in den Jahren 2000 und 2001 beträchtlich zu.

Diese alte Buddhastatue gehört nun der Vergangenheit an.

Zerstörung von Kultbildern

Im März 2001 wurden zwei alte Buddhastatuen in Afghanistan vorsätzlich vom muslimischen Taliban-Regime in die Luft gesprengt. Die aus der Felsoberfläche herausgehauenen Kolossalstatuen standen beinahe 2000 Jahre dort. Trotz aller Gesuche der Vereinten Nationen und der benachbarten Regierungen zur Rettung der Statuen oder sogar deren Entfernung aus diesem Gebiet, verfügten die Taliban, dass sie einen Beweis der Verehrung von Götzenbildern (die der Islam verbietet) darstellten und zerstörten sie im Namen ihrer Religion.

Papst Johannes Paul II. wurde 1978 zum Papst gewählt.

Eine Mission der Vergebung

2001 machte Papst Johannes Paul II., das Oberhaupt der katholischen Kirche, eine historische Pilgerfahrt nach Syrien, wo er als erster Papst eine Moschee besuchte. Der muslimischen Glaubenspraxis entsprechend zog der Papst seine Schuhe aus, bevor er die Große Omaijaden-Moschee, einen der wichtigsten Kultorte der Muslime, betrat. Der Papst wurde von muslimischen Führern, einschließlich dem Großen Mufti von Syrien, empfangen. Mit dieser Pilgerreise wollte der Papst Muslime und Christen in aller Welt um gegenseitige Vergebung für die Gewalt in der Vergangenheit bitten. Er erklärte, religiöse Überzeugungen seien niemals ein berechtigter Grund für Krieg und Gewalt.

Die Karte zeigt den Grad der Religionsfreiheit in den verschiedenen Ländern der Welt.

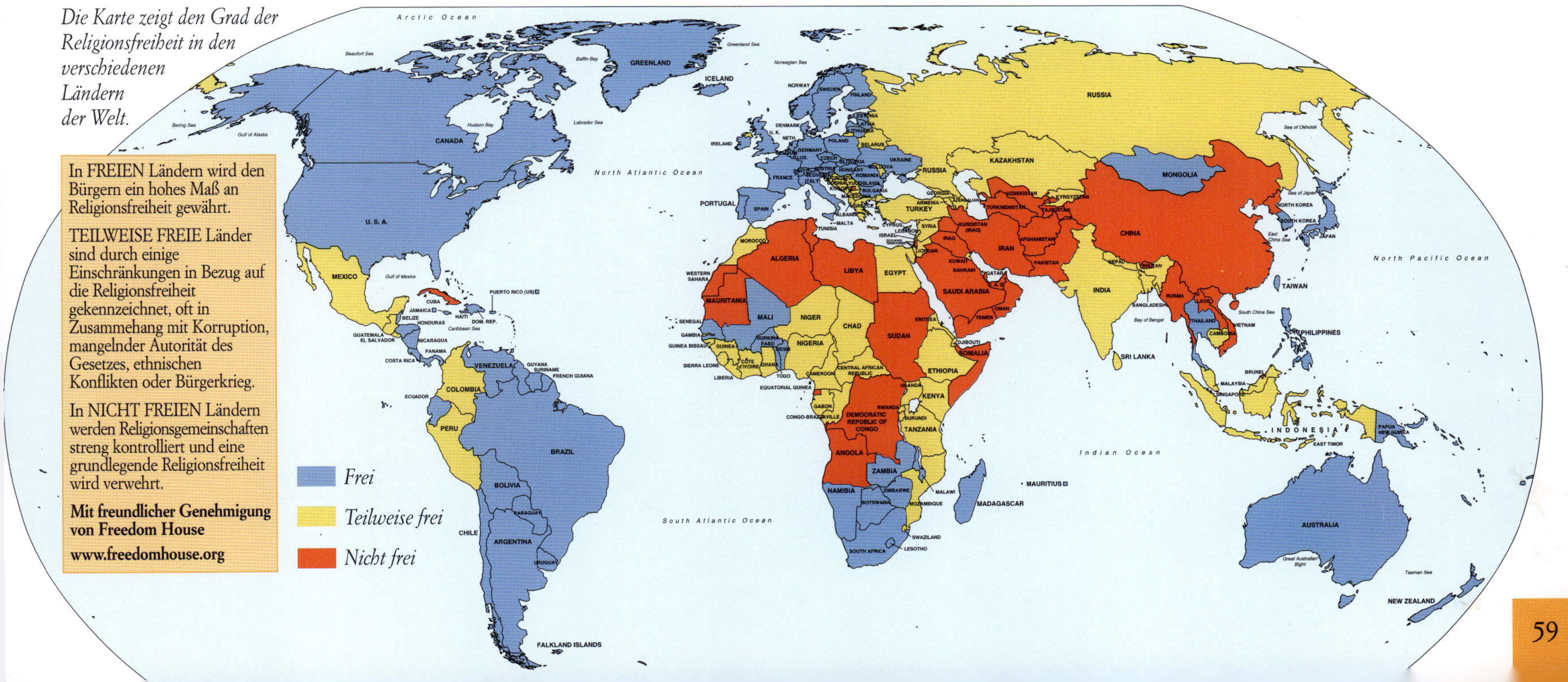

In FREIEN Ländern wird den Bürgern ein hohes Maß an Religionsfreiheit gewährt.

TEILWEISE FREIE Länder sind durch einige Einschränkungen in Bezug auf die Religionsfreiheit gekennzeichnet, oft in Zusammenhang mit Korruption, mangelnder Autorität des Gesetzes, ethnischen Konflikten oder Bürgerkrieg.

In NICHT FREIEN Ländern werden Religionsgemeinschaften streng kontrolliert und eine grundlegende Religionsfreiheit wird verwehrt.

Mit freundlicher Genehmigung von Freedom House
www.freedomhouse.org

Register